MARTIN SCHULT

FLOKATI

oder

mein Sommer mit Schmidt

ROMAN

Ullstein

Besuchen Sie uns im Internet:
www.ullstein-taschenbuch.de

MIX
Papier aus verantwortungsvollen Quellen
FSC® C083411

Ungekürzte Ausgabe im Ullstein Taschenbuch
1. Auflage August 2017

Umschlaggestaltung: zero-media.net, München,
unter Verwendung einer Vorlage von semper smile Werbeagentur, München
Titelabbildung: © ClassicStock / Masterfile; nito / Shutterstock
Satz: Pinkuin Satz und Datentechnik, Berlin
Gesetzt aus der Fairfield LT
Druck und Bindearbeiten: CPI books GmbH, Leck
ISBN 978-3-548-28946-5

ullstein

Das Buch

»Ich habe ein Verbrechen begangen. Ich bin schuld daran, dass jemand gestorben ist. Die Geschichte ist wahr. Und leider lässt sich die Wahrheit nicht einfach wegradieren. Sie ist nicht mit Bleistift geschrieben, sondern mit Blut … oder mit einem Kugelschreiber. Sie bleibt, egal was man tut, man kann sie allerhöchstens verdrängen.«

Der 12-jährige Paul lebt in behüteten Verhältnissen: Der Vater ist ein fußballverrückter Friseur, der sich durch *Zettels Traum* kämpft, die Mutter eine emanzipierte Linke, die mit dem taxifahrenden RAF-Sympathisanten Bruder Kolja ominöse Ausfahrten unternimmt. Seine Schwester spricht nur in Abkürzungen. Mit seinem besten Freund Boris träumt sich Paul ins Weltall und stromert durch die Nachbarschaft, wo der seltsame Emil Bartoldy seine Schildkröte spazieren führt. Am Ende des Sommers zerbricht die Ehe der Eltern und der Nachbarin Frau Schellack passiert etwas Schreckliches. Getrieben von Schuldgefühlen beschließt Paul, reinen Tisch zu machen.

Der Autor

Martin Schult, Jahrgang 1967, studierte Afrikanistik und Ethnologie in Frankfurt und Berlin. Nach mehreren Aufenthalten in West- und Ostafrika und Lehrtätigkeiten in Berlin und Zürich, arbeitet er seit 2004 beim Börsenverein des Deutschen Buchhandels. Er ist der stellvertretende Leiter des *Berliner Büros* und betreut den Friedenspreis. Martin Schult lebt mit seiner Familie in Berlin.

Für Birgit

Einst fand Herr nütz ein lich,
er nahm es mit und freute sich,
warf Pünktchen weg, das u war bloß,
das lich lief fort, Herr nutz war's los.

(Paul Neumann)

Dienstag, 15. Oktober 1974

Sehr geehrte Frau Ludwig!

»Nicht mit der Tür ins Haus fallen.« Sie erinnern sich sicher noch daran, dass Sie das zu uns gesagt haben, als wir einmal als Hausaufgabe einen Brief schreiben sollten. Denn es sollte kein normaler Brief sein, so wie »Liebe Oma, wie geht es dir, mir geht es gut«. Nein, wir sollten uns überlegen, wie man jemanden mit einem Brief von etwas überzeugen kann, das der gar nicht will. Meine Kleine Oma hätte das Intrige genannt, und ihr wäre sicherlich irgendein passendes Sprichwort dazu eingefallen. Und die Böse Omi vermutet sowieso hinter jeder Postkarte, die ich ihr schreibe, ein Komplott.

Ich habe meinen Brief an Breschnew geschrieben, den Chef von der Sowjetunion. Schaffen Sie die Atombomben ab, habe ich gefordert, ganz direkt. Ohne Hintertür.

Sie haben geseufzt.

»Als Elfjähriger kann man das natürlich so machen, kindliche Ungeduld hat ihren Reiz, Paul, gerade bei einem solchen Thema. Aber nimmt man dich dann wirklich ernst?«

Damals habe ich mit den Schultern gezuckt. Jetzt frage ich mich, wie dieser Brief an Sie bloß beginnen soll. Breschnew oder Hintertür?

Außerdem: Ich bin schon zwölf. Fast dreizehn.

Und ich stecke in Schwierigkeiten.

Wenn Sie das hier lesen, werden Sie zum Teil schon wissen, was passiert ist. Damit meine ich, dass ich nicht in die

Schule gegangen bin. Sie denken, ich sei krank. Aber das ist gelogen. Seit gestern sitze ich nämlich hier unten. Im Keller. Direkt bei der Heizungsanlage. Ich bin auf Tauchstation, allerdings nur am Vormittag. Danach gehe ich nach oben und tue so, als wäre alles normal. Aber es ist nur eine Frage der Zeit, bis jemand merkt, dass Mutters Unterschrift gefälscht ist.

Vielleicht fragen Sie sich, warum ich nicht gleich ganz weggelaufen bin. So, wie man das normalerweise tut: Tasche packen, nachts aus dem Fenster klettern, mit dem Bus, mit dem Zug oder per Anhalter aus der Stadt raus, in Scheunen schlafen, vor Hunden wegrennen, bei einem Bauern unterkommen, der einen als Knecht anstellt, später dann die Tochter des Bauern heiraten, den Hof übernehmen und als reicher Mann und verlorener Sohn zurückkommen, und die Mutter, Sie wissen schon, die nimmt einen dann in die Arme.

Ich bin tatsächlich einmal weggelaufen, als kleines Kind, aber das ist völlig schiefgegangen. Man braucht nämlich ein Ziel. Man sollte unbedingt wissen, wohin man will. Das habe ich damals nicht gewusst … und heute auch nicht.

Gestern habe ich zuerst vorne im Keller auf einer Holzkiste gesessen, die meiste Zeit im Dunkeln. Es war echt mühselig, jede Minute auf den Lichtschalter zu drücken. Eine Schaltuhr für ein Kellerlicht zu benutzen, ist so ziemlich der größte Unsinn, den man sich vorstellen kann, und ich war nahe daran, das Ganze sein zu lassen. Dann, als ich wieder einmal den Lichtschalter gedrückt hatte, bemerkte ich zufällig, dass weiter hinten, in der Eisentür zum Heizungskeller, ein Schlüssel steckte.

Früher ist der Raum der Luftschutzkeller im Haus gewesen, kurz »LSK«, das steht auch an der Tür. Während des

Zweiten Weltkriegs haben sich hier die Mieter versteckt. Für die hat man in Schnörkelschrift »Ruhe bewahren« an eine Wand geschrieben. Aber dann haben die Amerikaner das Haus doch nicht bombardiert.

Ich habe mir den Keller sofort genauer angeschaut. Ein bisschen gruselig war es schon, sich vorzustellen, wie die Menschen hier unten gesessen haben und bei jeder Explosion zusammenzuckten. Aber trotzdem: Der Keller sah ziemlich in Ordnung aus, ein bisschen muffig vielleicht, aber wegen des Heizkessels schön warm. Das perfekte Versteck. Es gibt ein eigenes, unglaublich grelles Neonlicht mit einem normalen Schalter, eine Steckdose und sogar eine Toilette. Sie hat zwar kein Wasser. Aber das kann ich vom Wasserhahn gleich neben der Kellertreppe holen.

Und wissen Sie, was ich gemacht habe? Ich habe heimlich aus unserer Garage einen Eimer geholt und gleich auch noch die Stehlampe und den Sessel vom Großvater – Dinge, die wir seit seinem Tod dort lagern. Und natürlich seinen Schreibmaschinentisch. Total praktisch! Ich habe ihn auf meine Größe heruntergekurbelt, und jetzt sitze ich an ihm und schreibe in dieses Heft. Folgendes habe ich mir überlegt: Ich will ein paar Vormittage hier unten bleiben und aufschreiben, was passiert ist. Im Gefängnis werde ich das nicht tun können. Stifte, Gürtel und Schnürsenkel sind dort verboten. Man könnte sich ja was antun.

Tja. Da bin ich also wirklich bei der Frage aller Fragen angelangt, die *ich* mir jetzt stellen würde, wenn ich *Sie* wäre: Was hat Paul eigentlich getan?

Ich habe ein Verbrechen begangen, Frau Ludwig. Ich bin schuld daran, dass jemand gestorben ist.

Ich sehe vor mir, wie Sie jetzt seufzen. Sicher denken Sie, wieder so eine erfundene Geschichte von Paul, warum nur muss er immer übertreiben? Aber das stimmt nicht. Die Geschichte ist wahr. Und leider lässt sich die Wahrheit nicht einfach wegradieren. Sie ist nicht mit Bleistift geschrieben, sondern mit Blut … oder mit einem Kugelschreiber. Sie bleibt, egal was man tut, man kann sie allerhöchstens verdrängen.

Das ist mir nach den Sommerferien auch ganz gut gelungen. Ich habe wirklich geglaubt, dass alles wieder in Ordnung kommt. Aber dann, in den Herbstferien in Österreich, kam die Frage nach der Schuld wieder hoch. Ganz plötzlich. An dem Tag, als wir in die Kirche gegangen sind …

»Nichts in der Welt passiert durch Zufall, denn Er hat Seine Finger im Spiel!«

… ich habe in einer der hinteren Reihen gesessen und aufgehorcht. Es war der Pfarrer, der das mit dem Zufall und den Fingern gesagt hat, ein vollkommen schwarz gekleideter Riese mit einem kleinen Kopf und Igelfrisur. Er war mit großem Eifer bei der Sache …

»Nichts, was in der Welt passiert, ist Schicksal, denn Er ist es, der die Geschicke lenkt!«

… das mit dem Eifer hat unser Tiroler Pensionswirt behauptet. Er hat uns mit seinem alten Opel Admiral vor der Kirche abgesetzt. »A Zugreister. Aus Halberstadt. Spricht nur Hochdeitsch«, hat er über den Pfarrer gesagt, und Mutter hat sich zu uns umgedreht. »Euer Vater hätte jetzt gesagt, Jürgen Sparwasser kommt auch aus Halberstadt.« Und meine Schwester hat geantwortet, wie könnte jemand, der mit ihm – also Vater – verwandt sei, das wohl jemals vergessen …

»Zufall und Schicksal, sie sind gottgewollt.«

… ich hatte nicht mitkommen wollen. Der Berg ruft. Haha! Aber so war es wirklich. Draußen rauschten die Bäche, und die Wälder waren voller Geheimnisse! Am Tag zuvor hatte ich eine Höhle entdeckt, und wegen der Taschenlampe, mit der ich sie erforschen wollte und die in meiner Hosentasche steckte, konnte ich kaum laufen. Außerdem auf einer harten Bank sitzen müssen, noch dazu bei bestem Wetter! Meine Mutter hat jedoch darauf bestanden. Die Religion würde in dieser Gegend nun mal zum Leben dazugehören, und wir wären ja schließlich nicht nur da, um Pilze zu sammeln.

So saß ich in der Kirche fest, und es war dann erst einmal gar nicht so übel, auch wenn wir eigentlich nicht gläubig sind. Besonders das viele Singen gefiel mir. Auf das ständige Aufstehen und Hinsetzen hätte ich verzichten können, aber die Pause, die der Pfarrer dann machte, fand ich beeindruckend. Die Leute hielten den Atem an. Alle waren gespannt, wie es weitergehen würde. Ich auch …

»Er macht uns die Welt, wie sie Ihm gefällt.«

… ich musste mich verhört haben! Meine Schwester neben mir gluckste. Mutter zischte sie an. Ich war von der Holzbank aufgesprungen. Meine Schwester puffte mir in die Rippen. Sie hat es nicht kapiert, aber Sie, Frau Ludwig, verstehen sicher, warum ich mich nicht wieder hinsetzen konnte. Diesen Satz hat sich nämlich der Pfarrer eindeutig nicht selbst ausgedacht. Fast alle, die dasaßen, waren uralt, und bestimmt hatten sie noch nie etwas von Pippi Langstrumpf gehört, aber trotzdem: Es bleibt Diebstahl!

Und dann passierte es: Der Pfarrer schaute nacheinander alle Menschen in der Kirche an, sein Blick blieb an mir hängen, wie ich da so stand, er hob einen Zeigefinger, und seine Stimme durchbrach noch einmal die Stille …

»Und Er vergibt dir deine Schuld, deine große, große Schuld.«

… ich wollte im Boden versinken. Tatsächlich habe ich mich nur wieder hingesetzt. Und ohne es zu wollen, habe ich laut »Meine Schuld?« gefragt. Alle haben mich angestarrt …

Nach dem Gottesdienst sind wir ins Gasthaus Koreth gegangen. Ein paar Tage zuvor hat mir dort der Koch gezeigt, wie er Schnitzel zubereitet. Da bin ich noch glücklich und unbesorgt gewesen, denn wir essen gerne Schnitzel, besonders Vater hätte zugeschlagen. Er ist jemand, der selbst in einem Feinschmeckerrestaurant eine halbe Stunde lang die Speisekarte studieren kann und dann ein »Ich glaube ich nehme heute mal ein«-Schnitzel bestellt. Ich sage dann meistens: »Ich auch.« Und Mutter: »Aber nur ein kleines.«

Doch an jenem Sonntag in Tirol war alles anders. Der Pfarrer hatte mir den Appetit verdorben. Ich schob sogar die Palatschinken zu meiner Schwester rüber. Anschließend sonnte sie sich draußen auf der Terrasse. Meine Mutter sah ihr dabei zu und trank Kaffee. Die beiden waren glücklich. Und ich? Ich versank in der dunklen Gaststube in tiefes Grübeln. Ich hatte keine Ahnung, wie der Pfarrer dahintergekommen war. Wie konnte er von meiner

Schuld wissen, wo wir doch Hunderte Kilometer von zu Hause weg waren? Oder gibt es wirklich Menschen, die anderen ihre Schuld *ansehen* können? Dieser Spruch »Das habe ich dir an der Nasenspitze angesehen!« muss doch irgendwoher kommen.

Ich entschied, mich möglichst unsichtbar zu machen. Niemand sollte von meiner Schuld erfahren. So blieb es auch die restlichen Ferien. Berge, Kühe, Bäche, all das interessierte mich nicht mehr. Am liebsten hätte ich mich damals schon versteckt, vielleicht in der Höhle, die ich doch nicht erforscht habe. Und dann hörte ich zufällig, wie meine Schwester Mutter etwas zuraunte.

»Was hat der Paul bloß?«

»Lass ihn, vielleicht ist er verliebt.«

Mittwoch, 16. Oktober 1974

Sehr geehrte Frau Ludwig,

gestern habe ich noch lange auf dieses Heft hier gestarrt. Aber aus irgendeinem Grund konnte ich nichts mehr hineinschreiben. Meine Gedanken sind hin und her gesprungen und ließen sich nicht einfangen. Wäre es doch nur so einfach wie bei »Hänschen klein«: grundlos in die Welt hinaus, Mutter weint, und der kleine Hans kommt einfach wieder zurück. Wer sich so etwas als Kind anhören muss und danach einen Gutenachtkuss bekommt, muss einfach denken, die Welt wäre frei von Problemen. Wie konnten wir nur auf so etwas reinfallen!

Als es Zeit wurde, bin ich nach oben gegangen und habe so getan, als käme ich gerade aus der Schule. Ich war fast erstaunt, wie problemlos meine Teilzeitflucht auch am zweiten Tag noch funktionierte. Auf Mutters Frage, wie es in der Schule gewesen sei, antwortete ich einfach mit einem Schulterzucken. Ich musste nicht einmal lügen.

Ist das nicht komisch: Während ich jetzt wieder im Keller sitze und das hier aufschreibe, genau diesen Satz, sind Sie in der Schule und denken, ich wäre noch immer krank. Vielleicht haben Sie sogar Mitleid mit mir. Aber sollten Sie irgendwann einmal dieses Heft hier lesen, werden Sie sich sicher ärgern. Tun Sie es bitte nicht! Was hätte ich denn sonst machen sollen? Ich habe keine andere Wahl! Hier im Keller komme ich wenigstens zur Ruhe. Ich muss einfach über so vieles nachdenken.

Nach der Predigt war nämlich alles wieder hochgekommen, und ich hatte das Gefühl, als würde ich wie damals bei unserem Klassenausflug bei heftigem Wind oben auf dem Goetheturm stehen. Ich würde mich gerade so am Geländer festhalten können, und wenn ich doch abstürzen sollte, würde jeder mir dabei zusehen. Hier im Keller kann man wenigstens nicht noch tiefer fallen.

Können Sie sich noch an den ersten Schultag nach den Herbstferien erinnern? Da haben Sie uns eine Reizwortgeschichte aufgegeben. Drei oder vier Wörter und daraus eine Geschichte machen, es gibt nichts Schöneres in der Schule. An jenem Montag aber bin ich tatsächlich vom Goetheturm gefallen.

»Ich möchte, dass ihr bis Mittwoch eine Reizwortgeschichte schreibt«, haben Sie gesagt, »und zwar nicht über das, was ihr gerade in den Herbstferien erlebt habt. Nein, ihr sollt über den Sommer schreiben. Ich möchte wissen, an was ihr euch noch erinnern könnt.«

Ich wurde etwas nervös, weil im Sommer diese unglaubliche Geschichte mit unserer Nachbarin Frau Schellack passiert ist und ich mich an jede Einzelheit erinnern konnte. Aber was Sie dann taten, hatte so große Ähnlichkeit mit dem Erlebnis mit dem Pfarrer, dass mir schlecht wurde. Sie haben gesagt: »Und dafür gebe ich euch ein paar einfache Reizwörter vor: Fußball – natürlich Fußball, schließlich sind wir Weltmeister geworden –, Teppich, Katze, Buch und ... warum nicht? ... Waschmaschine. Sucht euch drei davon aus. Die helfen euch beim Erinnern.« Und während Sie das sagten, haben Sie uns alle angeschaut, bis Ihr Blick an mir hängenblieb. Und dann haben Sie auch noch den Finger gehoben.

Kurz dachte ich, Sie hätten sich mit dem Pfarrer abgesprochen. Aber das war ja nicht möglich. Woher sollten Sie sich kennen? Und überhaupt: Noch weiß niemand – Sie nicht, der Pfarrer nicht und auch sonst keiner –, was ich getan habe.

Ich habe versucht, mit diesen Reizwörtern eine harmlose Geschichte aufzuschreiben. Ich habe mir echt viel Mühe gegeben. Aber ich konnte nichts erfinden. Immer wieder kam mir die Wahrheit in den Sinn. Denn ob Sie es glauben oder nicht, nicht nur drei dieser fünf Wörter haben direkt mit dem zu tun, was mit Frau Schellack passiert ist, sondern alle! Zwei Tage habe ich Blut und Wasser geschwitzt und bin dann mit einem leeren Heft in die Schule gegangen.

Warum Sie ausgerechnet mich aufgerufen haben, ist mir heute noch ein Rätsel. Von einunddreißig Schülern in der Klasse! Jedenfalls bin ich nach vorne gegangen, und als ich vor den anderen stand, da konnte ich Ihnen nicht mehr sagen, dass ich die Hausaufgaben nicht gemacht habe. Ich wollte nicht ausgelacht werden, und ich wollte nicht, dass Sie schlecht von mir denken. Es war aussichtslos: Hätte ich zugegeben, dass mein Heft leer war, hätte ich Ihnen auch sagen müssen, warum. Mit Sicherheit hätten Sie die Polizei gerufen. Hätte ich gelogen und einfach behauptet, ich hätte meine Hausaufgaben vergessen, dann wären Sie enttäuscht gewesen, und ich hätte eine Sechs bekommen. Ich hatte keine Chance.

Doch plötzlich fiel mir Bruder Kolja ein. Er sagt immer: »hast du keine chance, paul, dann nutze sie.« Ich habe Boris, Chiara und all die anderen angeschaut und tief Luft geholt.

Zehn Minuten habe ich durchgehalten. Mit dem leeren Heft in der Hand habe ich eine Geschichte über Zorro erfunden, und sie war gar nicht mal so schlecht. Es gab ein paar Lacher, und an der Stelle mit der dreibeinigen Katze, die in der Waschmaschine geschleudert wurde, haben einige sogar aufgeschrien. Doch dann rief Henning-Johann-Pröll-der-Zweite, ich solle die Seite doch endlich mal umblättern. Das könne ja gar nicht sein, dass das alles nur auf einer Seite stehe.

Ich tat ihm den Gefallen, warum auch nicht? Ich habe umgeblättert und auf die neue Seite gestarrt, die natürlich genauso leer war wie die davor. Und plötzlich war alles weg. Ich wusste nicht mehr weiter. Alle saßen da und haben mich angesehen.

Sie haben mich gerettet, als Sie mir das Heft aus der Hand genommen haben, hineinschauten und sagten, ich solle beim nächsten Mal weiterlesen. Die Geschichte sei zu lang.

Keiner meiner Klassenkameraden hat gewusst, dass nichts in dem Heft stand! Die haben geglaubt, sie würden das Ende in der folgenden Stunde hören. Aber ich weiß, Ihnen hat die Geschichte nicht gefallen. Sie haben mir mal gesagt, Sie mögen es nicht, wenn ich über Zorro schreibe. Zorro sei kein Vorbild, er kämpfe mit Degen und Peitsche. Und deswegen sei er kein bisschen besser als seine Gegner. Ein richtiger Held würde nur mit Worten kämpfen.

Aber Sie müssen zugeben: Mit Zorros Hilfe habe ich alle Reizwörter miteinander verwoben, selbst die Waschmaschine. Das eine ergibt sich aus dem anderen, nichts ist dem Zufall überlassen, und Schicksal kommt schon gar nicht drin vor. Und am Montag, also vorgestern, wäre es so weit gewesen. Da hätte ich weiterlesen müssen.

Und ja, das war auch ein Grund, warum ich Mutters Unterschrift gefälscht habe. Das Heft ist nämlich bis auf die Seiten, die ich gerade vollschreibe, immer noch leer. Sie hätten mir das nicht noch einmal durchgehen lassen.

Deswegen schulde ich Ihnen eine Geschichte, und ich habe mir vorgenommen, sie hier unten im Keller aufzuschreiben: die wahre Geschichte über den Tod von Frau Schellack, über Fußball und was Vater damit zu tun hatte, dass wir Weltmeister geworden sind, über unseren Teppich, den Kater meiner Schwester, die Waschmaschine und über das Buch, das Vater von Großvater geerbt hat. Und was sonst alles passiert ist seit dem Tag, an dem Frau Schellack ihre Handtasche verloren hat. Mir wird die Geschichte vielleicht dabei helfen können, die Ereignisse noch mal zu hinterfragen. Deswegen bleibe ich hier im Keller, bis ich fertig bin. Und vielleicht entdecken Sie dann später beim Lesen irgendetwas, was mich entlasten kann. Dann können Sie als Zeugin der Verteidigung mein Leben retten.

Chile

Mein Vater hatte eine neue Methode entwickelt, um mich zu wecken. Bei meiner Mutter reichte es schon, wenn sie etwas schärfer als üblich meinen Namen rief, er aber schlich sich seit neuestem morgens in mein Zimmer, riss die Vorhänge auf und brüllte: »Raus aus den Federn, Paul! Die Nacht ist vorbei.« Und dann zog er mir mit einem »fröhlichen guten Morgen« die Decke weg. Ich hasste das.

Deshalb reagierte ich heute erst gar nicht, als ich ein lautes Poltern hörte und jemand in meinem Zimmer leise »Autsch!« sagte. Der Berg von Klamotten, Büchern und allerlei weiteren Dingen war in letzter Zeit ziemlich angewachsen, und über den war jemand, also Vater, gestolpert.

»Das ist morgen alles weggeräumt«, drohte er.

»Wie viel Uhr ist es«, rief ich ihm hinterher, als er aus dem Zimmer humpelte.

»Gleich sieben.«

Ich sprang aus dem Bett.

»Du solltest mich doch um *halb* sieben wecken!«

Ich zog mich an. Hoffentlich war es noch nicht zu spät.

»Frühstück«, rief Mutter aus der Küche. Ich rannte hin und ergatterte den Stuhl beim Fenster. In der Zeitung hatte ich gelesen, dass in Peru die Forschungsrakete Nike Tomahawk ins Weltall geschossen werden sollte. Nachts um ein Uhr peruanischer Zeitrechnung. Ich hatte keine Ahnung, ob man irgendetwas davon sehen könnte, aber allein die Vorstellung, dass da oben im Himmel etwas Außergewöhnliches stattfinden würde, fand ich aufregend. Wenn in China ein Sack Reis umfällt, dann kann es auf der anderen Seite der Welt ein Unwetter geben. Das hatte ich mal gelesen. Und ein Sack Reis war ja nichts im Vergleich zu einer Rakete!

Aber dann passierte etwas ganz anderes: Exakt zu der Zeit, als die Rakete gezündet wurde, also bei uns um Punkt sieben Uhr morgens, und ich darauf hoffte, dass sie auf ihrer Flugbahn Frankfurt passieren würde, legte meine Mutter ein halbes, mit Marmelade beschmiertes Brötchen auf den Frühstücksteller meines Vaters. Das war nicht weiter verwunderlich. Das machte sie seit einiger Zeit jeden Morgen, um etwas gegen das »Michelin-Männchen« zu tun, in das sich Vater verwandelt habe. Und normalerweise folgte dann das ewig gleiche Ritual.

»Oh, ein halbes Brötchen«, pflegte Vater daraufhin mit einem Seufzer zu sagen, »nun ja, Rom wurde auch nicht an einem Tag erbaut.« Und ich und meine Schwester sagten dann immer: »Trotzdem: Guten Appetit!«, und das Frühstück konnte beginnen.

Heute aber sah Vater nur kurz von der Zeitung auf, starrte auf den Teller, dann lächelte er traurig und drehte sich zu Mutter um.

»Du weißdoch, daß ich nie frühstücke: aurora musis amica – plenus venter.«

Mutter sah Vater überrascht an. Wir alle sahen Vater überrascht an.

»Dann. Halt. Nicht.« Mutter nahm das halbe Brötchen und warf es in den Mülleimer. Sie war manchmal so, und darauf sagte Vater meist »Zick-zick-zick« zu ihr.

Aber jetzt rief er ihr »Das war doch nur ein Zi-ta-hat!« hinterher und brummte, nachdem Mutter die Tür zugeknallt hatte, böse Worte in sich hinein.

»WWDD?!«*, fragte meine Schwester.

»KA«**, antwortete ich und sah wieder aus dem Fenster.

»Ihr schon wieder«, seufzte Vater, aber ich war mit meinen Gedanken woanders. Ein halbes Brötchen im Müll und eine Rakete auf dem Weg ins All. Eine Rakete, das war etwas Besonderes. Kein Ritual wie das halbe Brötchen, das Mutter tagtäglich schmierte. Danach konnte man die Uhr stellen. Aber wenn dann dieses Brötchen-Ritual nicht stattfand, sollte man schon nachdenklich werden.

»Sie sind das Wichtigste im Leben, mein Paulemann. An ihnen kann man sich festhalten, egal was sonst auf der Welt passiert.«

Das hatte die Kleine Oma einmal über Rituale gesagt. Deswegen war sie nie ohne Regenschirm aus dem Haus gegangen, egal was für ein Wetter draußen gewesen war. Ritual. Ich hatte Boris davon erzählt.

»Quatsch mit Soße, das ist bloß Aberglaube.«

Aber abergläubisch konnte man ja nur sein, wenn man Gott austricksen wollte. Dazu musste man gläubig sein, und das war meine Oma definitiv nie gewesen. »Glauben«, hatte sie immer gesagt, »das tun jene Leute, die sogar einen Umweg in Kauf nehmen, bloß um nicht umsteigen zu müssen.« Doch mit den Ritualen war das etwas anderes, mit denen konnte man »der Welt sogar ein Schnippchen schlagen, Paulemann. Und wenn eins wegfällt, weiß man sofort, etwas stimmt nicht«.

Während ich von meiner Großmutter den Respekt vor Ritualen geerbt hatte, hatte Großvater, der genau sechs Mo-

* »Was war das denn!?«

** »Keine Ahnung.«

nate nach ihr verstorben war, meinem Vater dieses riesige und schwere Buch von Arno Schmidt hinterlassen. Und darin las Vater nun immer, wenn er nicht im Friseursalon war, und manchmal trug er seltsame Zitate vor – wie heute beim Frühstück. Doch seitdem Mutter die Küche verlassen hatte, war irgendetwas nicht mehr in Ordnung. Das konnte man richtig spüren.

»Was heißt denn *aurora musis amica*?«, fragte ich.

»Was?«

Vater saß ganz in sich versunken am Tisch.

»War das Latein?«

Meine Schwester stöhnte auf.

»P!«*

Sie warf mir einen bösen Blick zu und verließ die Küche. Sie hatte eine sehr schlechte Note für ihre letzte Lateinarbeit bekommen. Das wusste ich bereits, Vater aber noch nicht.

»Was war Latein?«

Vater hatte bis vor kurzem oft und gerne gegessen. Dann hatte Mutter in der *Bravo* meiner Schwester eine Diät entdeckt: FDH = Friss die Hälfte. Seitdem redete meine Schwester in Abkürzungen. Und Vater bekam nur noch halbe Portionen vorgesetzt. Er wurde dadurch so unkonzentriert, dass man ihm alles zweimal sagen musste.

»*Aurora musis amica*«, wiederholte ich, Wort für Wort.

»Ach so, das … ja, Latein: Morgenstund' hat Gold im Mund. Iss dein Frühstück.«

Vater schlug die Zeitung wieder auf.

»Und was bedeutet der andere Satz? *Plenus venter*?«

Vater sah mich lange an, als hätte er schon wieder nichts

* »Paul!«

verstanden. Er zuckte mit den Schultern und hielt sich die Zeitung vor das Gesicht.

»Die poetische Übersetzung lautet: Zufriedener Bauch, der Lehre taub!«

»Was soll denn das heißen?«

»Ach, mein Gott … das bedeutet, dass wenn du satt bist, du nicht mehr lernen kannst.«

Ich starrte auf meine Cornflakes.

»Dann sollte ich jetzt besser mit dem Frühstück aufhören. Ich muss doch gleich zur Schule.«

Vater knüllte die Zeitung zusammen und warf sie auf den Tisch.

»Fängst du auch noch damit an! Ach, rutscht mir doch …!«

Dann verließ auch er die Küche. Mutter weg, Schwester weg, Vater weg. Ich verstand nichts mehr.

Bei meiner Mutter und meiner Schwester kam dieses Das-Zimmer-Verlassen öfter vor. Dass Mutter dabei hinter jedem Wort einen Punkt machte und daraufhin Türen zuknallte, daran hatte ich mich schon gewöhnt. Und meine Schwester verließ immer dann das Zimmer, wenn sie mit einem von uns gestritten und dabei den Kürzeren gezogen hatte. »WIEH«*, schrie sie dabei. Meine Schwester sei nervös, sagte Mutter anschließend über sie, und Vater nickte dazu: »Kalbfleisch, Halbfleisch.«

Aber so war meine Schwester halt, und sie gab mir dafür die alleinige Schuld. Als ich fünf Jahre alt war, hatten meine Eltern einen Elektroherd gekauft. Um auszuprobieren, wie er funktioniert, hatte ich mich dazu entschieden, die Hand meiner ahnungslosen Schwester zu nehmen und

* »Wie ich euch hasse!«

sie auf die glühende Herdplatte zu legen. Seitdem hatten unsere Eltern wieder einen Gasherd und meine Schwester und ich ein Problem. Seit sieben Jahren war sie misstrauisch. Und aufbrausend. Das vor allem.

Aber Vater war gar nicht so. Als Friseur muss man Ruhe bewahren können, besonders mit der Schere in der Hand. Und es war auch nicht von ungefähr gekommen, dass meine Mutter ihn mit einer Figur verglich, die aus Autoreifen besteht. Er würde halt älter werden, sagte er dazu, sie hingegen hätte ihn am liebsten auf einen dieser neuen Trimm-dich-Pfade geschickt. Kurz und gut: Er hatte einfach die Ruhe weg, körperlich und geistig.

Dann begriff ich es. Wie konnte ich das vergessen! Natürlich hatte ich zuerst glauben müssen, die FDH-Diät könnte Schuld an seinem Verhalten haben. Aber das hatte sie nicht. Und Vater war auch nicht nervös. Er war einfach nur aufgeregt. Es war nicht mehr lang hin bis zur Fußballweltmeisterschaft, die auch noch hier in Deutschland stattfinden sollte. Und wenn jemand fußballverrückt war, dann Vater! Und das könnte auch hinter dieser seltsamen Reaktion von Mutter stecken. Wer sagt denn, dass es leicht ist, jemanden zu ertragen, der viel arbeitet, gerne isst, aber nicht darf, stundenlang in einem riesigen Buch liest und ansonsten nur über Fußball redet? Tagein, tagaus. Wer würde da nicht gerne mal ein halbes Brötchen in den Müll werfen?

*

Freitage waren für mich schon immer Schicksalstage gewesen. Ich wurde an einem Freitag geboren. An einem anderen Freitag hatte ich Schwimmen gelernt. Und der Tag, an dem ich begriffen hatte, was Wochentage sind, war auch ein Freitag gewesen. Es war also nur allzu logisch, dass die Rakete weder an einem Dienstag noch an einem Samstag gestartet war, sondern die Geschichte an einem Freitag begonnen hatte. Und dass es an den folgenden beiden Freitagen so weiterging, war nicht weiter verwunderlich.

Das nächste Freitagsereignis begann schon am Vortag. Da überraschte ich meine Eltern mit der Nachricht, dass am nächsten Tag – also Freitag – ausgelost werden würde, wer aus unserer Schule bei der Eröffnungsfeier der Weltmeisterschaft dabei sein durfte. 2000 Frankfurter Schulkinder sollten in der kommenden Woche als Entschuldigung dafür, dass man die WM nicht in, sondern vor den Sommerferien veranstaltete, im Waldstadion das Logo der WM darstellen. Das sei nicht weiter schwer, hatte unsere Deutschlehrerin Frau Ludwig erklärt. Jeder bekomme ein farbiges T-Shirt, und dann müsse man sich hinlegen, aufstehen, im Kreis drehen, so was halt. Und danach würde der amtierende Weltmeister Brasilien gegen Jugoslawien antreten.

Mich interessierte das nicht, nicht die Eröffnungsfeier und der Fußball schon gar nicht. Meiner Meinung nach war mein Körper nicht dazu geschaffen, Fußball zu spielen. »Wenn es überhaupt möglich ist, dass ein Mensch zwei linke Füße hat«, hatte Boris, mein bester Freund, einmal gesagt, »dann du!«

Vater aber klatschte in die Hände, als ich davon erzählte, und quälte mich den ganzen Abend mit seinem Fachwissen, denn er glaubte, es könnte meine Auslosung beeinflussen, wenn ich möglichst viel über die Mannschaft der BRD und die der anderen Nationen wüsste. Dabei wollte ich gar nicht ausgelost werden. Wenn es nämlich doch passierte, hätte ich vor meinem Vater und seinem Fußball überhaupt keine Ruhe mehr.

Am nächsten Morgen rutschte ich also voller Sorge das Treppengeländer hinunter. Vor der Haustür stand unsere Nachbarin Frau Schellack. Sie trug schwer an ihren Einkäufen. Ich hielt ihr die Haustür auf und nahm ihr die Taschen ab.

Das war auch so ein tägliches Ritual, und ich war froh, dass dieser Tag damit begann: Seit sie allein war, ging Frau Schellack jeden Morgen früh einkaufen und kam meist zurück, wenn ich mich gerade auf den Weg zur Schule machte. Wenn ich ihr dann die Tasche hochtrug, schwätzten wir immer ein wenig, dass es sie ständig frösteln würde oder mir manchmal die Knochen weh täten, worauf sie meinte, das könne am Wachsen liegen – solche Dinge halt.

Oben in ihrer Wohnung gab sie mir wie gewöhnlich aus ihrem Portemonnaie ein, zwei Groschen, aber dann drehte sie sich im Kreis und fasste an ihre Schulter.

»Huch?«

Ich lachte.

»Das ist nicht lustig, Paul. Meine Handtasche … sie ist weg.«

Nun drehte ich mich auch, blickte überall auf den Boden, konnte sie aber nirgends entdecken.

»Ist da alles drin gewesen?«

Sie hatte ein wunderschönes, ganz altes Zigarettenetui aus Silber mit einem rauchenden Araber mit Bart und Turban darauf. Aus dem Rauch seiner Zigarette formten sich eine Palme und eine Pyramide. Frau Schellack schüttelte den Kopf.

»Zum Glück hatte ich mein Portemonnaie und die Schlüssel in der Manteltasche. Aber die Überweisungen, mein Gott, die sind in der Tasche. Ich muss doch die Telefonrechnung bezahlen! Sonst sperren sie mir noch den Anschluss.«

Ich versprach ihr, mich umzuschauen, gleich jetzt auf dem Schulweg, aber nirgends entdeckte ich eine Handtasche. Dann vergaß ich es, klimperte mit den Münzen und dachte nur noch an die Auslosung – und an das Wassereis, das ich nach der Schule für Boris und mich kaufen würde.

Als ich mittags nach Hause kam, saß Vater bereits im Wohnzimmer und las in Großvaters dickem Buch. Immer wieder lachte er dabei und murmelte: »Muss ich mir merken.« Es machte mich stolz. Nie hätte ich ihm zugetraut, dass er sich mit einem Buch so vergnügen konnte. Das musste wirklich ein gutes Buch sein, denn außer Zeitungen las er nicht viel. Ich hockte mich neben die Wohnzimmertür und schaute ihm halb versteckt zu. Es hatte etwas Beruhigendes, wenn er vorsichtig mit den Fingern die Seiten umblätterte, um sich anschließend mit der Hand durchs Haar zu fahren. Danach roch er an seinen Fingern. Ob das alle Friseure machten? Nach einer Weile kam Mutter ins Wohnzimmer.

»Ich habe jetzt schon dreimal zum Essen gerufen.«

Ich hatte es nicht gehört und Vater wohl auch nicht.

»Ich komm ja gleich.«

»Was du nur an diesem Buch findest …«

»Es ist einfach … genial. Hier, hör mal …«

»Verschon mich bitte. Dieses Buch raubt mir noch den letzten Nerv.«

Dann entdeckte sie mich. Sie sagte nichts. Sie schaute nur. Ich rannte in die Küche. Da erst merkte mein Vater, dass ich bereits zu Hause war. Er lief hinter mir her.

»Und? Nun sag schon …«

Ihm zuliebe schüttelte ich traurig den Kopf, innerlich aber triumphierte ich. Vater hingegen zwang sich zu einem Lächeln.

»Ist doch nicht so schlimm, Paul.«

Aber ich spürte, wie enttäuscht er war.

*

Und dann folgte der dritte Freitag, und wenn man sagt, aller guten Dinge sind drei, dann war das in diesem Fall eine Lüge. An diesem Tag sollte die BRD zum ersten Mal spielen. Gegen Chile. Nach dem langweiligen und torlosen Eröffnungsspiel zwischen Brasilien und Jugoslawien im Dauerregen hatte sich Vaters Laune spürbar gebessert, besonders nachdem ich ihm erzählt hatte, dass Henning-Johann-Pröll-der-Zweite und die Verena mit Schnupfen in die Schule gekommen seien. Sie waren die beiden, die die Auslosung für die Eröffnungsfeier gewonnen hatten. Den ganzen Freitagvormittag hatten sie unseren Spott ertragen müssen, weil sie sich erkältet hatten.

Nach der Arbeit wollte Vater direkt in die Pizzeria Da Pino gehen, um dort das Spiel zu schauen. Mutter, meine Schwester und ich spielten Karten. Ich war froh, endlich mal nichts über Fußball hören zu müssen. Am Abend aber, ich lag schon im Bett, knallte eine Tür.

»Aufstehen!«, rief Vater durch die Wohnung und traf uns alle mit müden Augen in der Küche. Es musste etwas Schlimmes passiert sein. Hatten die Deutschen etwa verloren?

»Schteht ihr auch bequem?«, fragte er uns und murmelte zu sich selbst, *»alle nikkten lieb; sogar Wilma, alla ›ich wußt' es ja‹*. Breitner!«

Seinem Kichern entnahmen wir, dass er ganz schön einen sitzen hatte. Das sagte er nach solchen Abenden immer über sich selbst.

»Wir gründen 'nen Fußballverein«, verkündete er, nachdem er sich eine Flasche Bier aus dem Kühlschrank genommen hatte. Mutter quittierte das mit einem verärgerten Blick. Er näherte sich ihr mit erhobenem Zeigefinger, sein Gesicht nah an ihrem. Sie wedelte mit der Hand.

»Wer nich arbeitet, soll auch nich trinken; und=umgekehrt!«

Wo hatte er diese Sprüche her? Waren die wieder aus diesem Buch? Und warum strahlte er dabei so?

»Pröll besorgt die Fußballschuhe, und der Kösel lässt die Trikots nähen. Nächsten Donnerstag geht's los.«

Henning-Johann, der Sohn vom Schuhmacher-Pröll, ging in meine Klasse, und da er genau die gleichen Vornamen wie sein Vater hatte, nannte er sich Henning-Johann-Pröll-der-Zweite. Den Sohn vom Sport-und-Freizeit-Kösel kannte ich nicht. Der ging auf eine Gesamtschule im Norden der Stadt und musste so früh raus und kam so spät wieder, dass er keine Freunde hatte.

Die Läden ihrer Väter befanden sich gegenüber vom Friseursalon meines Vaters. Jeden Freitag trafen sich die Geschäftsmänner der Straße immer bei Da Pino zu einem »Sit-in«, wie sie es nannten. Und dieses Mal hatten sie dabei das Spiel geschaut.

»Und dann wollt ihr Fußball spielen?«, fragte Mutter. »Ich hoffe, du gehst ins Tor. Denk. An. Deine. Knie.«

»Türch nich. HörsDu das, Wilma«, rief Vater lachend, und stolz sah er mich an, »unsere Jungs werden spielen! Wir nennen sie die ›74er Schlappekicker‹! Und du, Paul, trägst die 3. Wie Breitner! 1:0!«

Ich war alarmiert. Über Fußball zu lesen, das war ja

gerade noch so in Ordnung. Aber spielen? Bei einem Pausenspiel auf dem Schulhof ausgewechselt zu werden, war wohl das Schlimmste, was einem passieren konnte. Mir erging das immer so, aber ich konnte es verstehen. Jede Mannschaft, die mich aufnahm, hatte schon verloren.

»Und was hast du zu tun?«, fragte Mutter.

»Präsident«, rülpste Vater. Er grübelte kurz und hatte wieder dieses Strahlen, als ob ihm etwas eingefallen wäre.

»Na, ermenscht Euch ma etwas, und denkt dabei möglichst groß: Wilma?«

Später in der Nacht war ich nicht mehr nur alarmiert. Ich war verzweifelt. »74er Schlappekicker!« Der Name gefiel mir gar nicht. Für mich symbolisierten die beiden WM-Maskottchen »Tip und Tap« dieses Spiel. Sie trugen blütenreine weiße Trikots und freuten sich, dass sie winken und sich umarmen durften.

Vaters Vorstellung von Fußball aber war eine ganz andere. Bei ihm stand der Kampfgeist im Vordergrund, die Blutgrätsche und die Schiedsrichterbeschimpfung. Er hatte selbst nie richtig Fußball gespielt und sein Spielverständnis vor allem aus den Berichten in der Zeitung erworben. Ja, er könne ein Spiel lesen, betonte er oft, und irgendeiner von uns musste daraufhin lachen, sonst bestand die Gefahr, dass er den Witz wiederholte.

Eine weitere Frage beschäftigte mich aber noch viel mehr: Wer war diese Wilma, die Vater ständig erwähnte – damals bei diesem seltsamen Frühstücksstreit und jetzt schon wieder? Ich warf mich im Bett hin und her. Vielleicht war es ja gar nicht der Fußball, von dem meine Mutter genervt war? Vielleicht steckte diese andere Frau dahinter?

Nein, das konnte nicht sein, meine Eltern liebten sich.

Sie liebten uns. Ich liebte sie. Meine Schwester liebte sie auch, aber vor allem war sie seit kurzem in David Cassidy verliebt – was ich überhaupt nicht kapierte. Sosehr ich mich auch bemühte, ich konnte David Cassidy nicht leiden. Wie konnte man sich nur in so jemanden verlieben? Vater hatte auch hierfür einen Spruch parat: »Junges Gemüs' ist schon gar, nimmt es nur die Flamme wahr.« Er hatte einfach immer Hunger.

Vor ein paar Tagen saßen meine Schwester und ich am Küchentisch und aßen Nudeln mit Tomatensoße, die uns Mutter zum Mittagessen vorgekocht hatte. Sie musste mittags immer in der Mensa essen, Studentenfutter, wie sie es nannte, obwohl sie mit ihrem Studium schon lange fertig war.

»Sag, warum?«

»Warum was?«

»Warum du David Cassidy so gerne magst?«

Meine Schwester hörte auf zu essen und sah mich an.

»Wie alt bist du? Zehn?«

Als würde es das erklären. Du bist zehn: Du verstehst das nicht!

»Stimmt doch gar nicht, ich bin schon fast dreizehn«, antwortete ich, was heißen sollte: Ich verstehe das sehr wohl!

Sie seufzte.

»Bist aber noch ganz schön klein dafür.«

Ich zuckte mit den Schultern.

Meine Schwester verdrehte die Augen.

Sie seufzte noch einmal.

»Du willst es wirklich wissen, oder?«

Ich nickte.

Ich stützte das Kinn auf meine Hand.

Die Nudeln wurden kalt.

Ich wartete.

»OME!«*

Aber dann wurde sie nachdenklich, und es passierte ein Wunder. Sie nahm mich ernst.

»Wenn ich seine Stimme höre, dann fängt es an zu kribbeln. Und es wird alles warm.«

Nochmals nickte ich und machte ein wissendes Gesicht. Auch mir wurde immer ganz warm, wenn Mutter mir vor dem Schlafengehen einen Kuss auf den Kopf gab und dabei »Gute Nacht, mein Junge« flüsterte.

»Und wenn ich ihn sehe, auf einem Foto oder im Fernsehen, ganz egal, dann klopft mein Herz. Und es klopft so laut, als müsste es jeder hören.«

Ihre Augen wanderten an die Decke, als wäre dort das Geheimnis der Liebe zu finden, als würde von dort David Cassidy auf sie herunterschauen, als hätte der liebe Gott da oben noch einen anderen Sohn außer Jesus.

»Und dein Kopf wird rot.«

»Ja genau«, sagte sie verwundert, als fragte sie sich, woher ich das wüsste.

Samstagabend. »Disco 74«: »Licht aus!« Wuom. »Spot an!« Yeah! Ilja Richter klettert durch das Publikum, ruft: »Einen wunderschönen guten Abend, meine Damen und Herren! Hallo, Freunde!«, das Publikum ruft: »Hallo, Ilja!«, dann erzählt er einen Witz, das Publikum lacht, und er sagt: »Und jetzt die neue Single von David Cassidy«, meine Schwester spricht den Namen leise mit, und dann, während die ersten Akkorde des Lieds erklingen und David Cassidy in die Kamera lächelt, bekommt sie einen roten Kopf. Garantiert.

* »Oh Mann, ehrlich!«

»Das ist echte Liebe«, schwärmte sie, und so, wie sie »Liebe« aussprach, legte sie in jeden Buchstaben ein Jahr mehr an Lebensweisheit, die sie mir gegenüber zu haben glaubte. Dabei war sie auch erst fünfzehn.

Jetzt aber mal ehrlich: Echte Liebe kann doch nur dann entstehen, wenn das Gefühl von beiden Seiten kommt. Für Liebe braucht man immer zwei. Das war bei Mutter und mir der Fall. Bei meiner Schwester und diesem David Cassidy aber nicht, obwohl sie unbedingt daran glauben wollte.

Ich hatte die Enttäuschung über eine nicht erwiderte Liebe schon längst hinter mir. In einem Sommerurlaub vor ein paar Jahren in der Schweiz hatte ich eine Eidechse aus einer Mauerritze gezogen. Sie lebte während der drei Wochen, die wir in dem Bergdorf verbrachten, auf der Fensterbank meines Zimmers in einem leeren Einmachglas. Das hatte mir die Wirtin gegeben. »Schattenmorellen« stand da drauf. Damals hatte ich noch keine Ahnung, was das war.

Tagtäglich sprach ich mit der Eidechse, bewunderte die Farbgestaltung ihrer Schuppen, fütterte sie mit gefangenen Fliegen und gab ihr den schönsten Kosenamen, der mir einfiel: Schattenmorelle. Und so wurde meine Zuneigung zu ihr immer größer. Sie selbst hatte dazu nichts beigetragen, sondern mich die ganze Zeit nicht beachtet.

Eines Morgens holte ich Schattenmorelle aus ihrem Glas und setzte sie auf den Boden. Sie schaute sich ratlos um, ihr Gesichtsausdruck ließ mir das Herz zerspringen. Und dann nahm sie Reißaus.

Ich hielt Schattenmorelle am Schwanz fest.

Vater beruhigte mich später mit der Erklärung, der Schwanz einer Eidechse würde wieder nachwachsen.

Liebe zu Tieren, das hatte ich gelernt, gibt es nicht, die Emotionen liegen in den Händen des Menschen, in meinem Fall in Form eines abgerissenen Eidechsenschwanzes. Und David Cassidy war für meine Schwester im Grunde nichts anderes als eine Eidechse. Aber ich würde mich nie trauen, ihr das zu sagen …

Donnerstag, 17. Oktober 1974

Liebe Frau Ludwig,

Sie halten mich jetzt für verrückt, oder? Weil ich gestern vom Thema abgewichen bin. Aber es gibt so vieles, was erzählt werden muss. Ich kann das doch nicht einfach unterschlagen! Boris hat mal gesagt, ich sei ein Schwätzer. »Bis du mal auf den Punkt kommst, hält ein Zug schon am nächsten Bahnhof!« Und von Doktor Wolff, einem Freund meines Vaters, weiß ich, dass ich in einem Alter bin, in dem sich die Synapsen im Gehirn besonders gerne miteinander verbinden und deswegen jede Information, die sie bekommen können, regelrecht aufsaugen. Wird also wohl ziemlich viel in meinem Kopf drin sein. Und was drin ist, muss auch raus. Außerdem: Ich habe mir vorgenommen, ehrlich zu sein. Und das dauert halt manchmal etwas länger.

Als das mit Frau Schellack passiert ist, waren mir Mädchen zwar nicht egal, aber sie gehörten zur gleichen Gruppe von Menschen wie meine Schwester. Ich habe keine Ahnung, wie das passieren konnte, denn als wir jünger waren, acht oder neun, waren wir alle irgendwie gleich. Vor ein oder zwei Jahren hat sich dann alles geändert. Die Mädchen haben uns abgehängt. Sie wachsen. Sie bekommen einen Busen. Und sie riechen anders als vorher. Stellen Sie sich das mal vor: Meine Schwester ist drei Jahre älter als ich, und trotzdem sind die Mädchen in meiner Klasse ihr irgendwie näher als mir. Ich verstehe das nicht.

Und was haben Sie dann nach den Sommerferien getan? Sie haben Chiara neben mich gesetzt. Auf den Stuhl rechts von mir. Links sitzt ja Boris. Schon immer.

Und was hat Chiara – die schöne Chiara mit dem roten, etwas gelockten Haar, das leicht nach Pfirsich riecht, wenn sie es schüttelt – als Erstes gemacht, als sie neben mir saß? Sie hat mich angelächelt. Ohne Zahnspange! Zuvor ist sie für mich nur die Tochter des Besitzers von der Pizzeria Da Pino gewesen, deren Zähne gerichtet wurden. Und jetzt!?

In der Zeit zwischen gestern Mittag, als ich den Keller verlassen habe, und heute Morgen, als ich wieder hierhergekommen bin, habe ich zum ersten Mal seit langem nicht an Frau Schellack denken müssen. Die Geschichte über die Eidechse und David Cassidy hat wieder etwas hervorgeholt, was Chiara damals in Gang gesetzt hat.

In Erdkunde haben wir einmal einen Film gesehen: *Die Wüste lebt*. Ein riesiges Sandgebiet, das sich, wenn es einmal in zehn Jahren regnet, in ein Meer von Blumen verwandelt. Und von einem Tag auf den nächsten gibt es auf wundersame Weise Schmetterlinge und Bienen. Und Wüstenfüchse rascheln mit großen, verdutzten Augen durch die Farbenpracht, die sie vorher nie gesehen haben. Sie werden nämlich nicht sehr alt.

Nachdem Chiara mich angelächelt hat, bin auch ich zu einem Wüstenfuchs geworden. Die Wüste war erblüht, und mit großen Augen habe ich die Welt auf einmal ganz anders gesehen. Aber dann mussten mich ja der Pfarrer mit der Schuldfrage und Sie mit dieser Reizwortgeschichte zurück in die Realität holen.

Als ich gestern ins Bett gegangen bin, habe ich ernsthaft daran gedacht, das mit dem Keller sein zu lassen und wieder in die Schule zu gehen. Damit die Wüste nicht wieder verblüht.

Das könnte meine Schwester sagen: *Damit die Wüste nicht wieder verblüht!* Ein richtiger Junge denkt so etwas nicht einmal. Aber ich vermisse Chiara wirklich, und Boris und sogar Henning-Johann-Pröll-der-Zweite, obwohl er mit seiner Besserwisserei nervt.

Da fällt mir wieder der Tag ein, an dem Henning-Johann-Pröll-der-Zweite zum ersten Mal auf eine Ihrer Fragen nicht antworten konnte. Erinnern Sie sich? Normalerweise weiß er ja immer alles. Sein Finger ist ja meistens schon in der Luft, bevor Sie überhaupt eine Frage gestellt haben.

Wir haben an dem Tag über Pinocchio gesprochen, wie er im Bauch des Wals gefangen war. Und dann hat Chiara – ausgerechnet Chiara – eine Frage gestellt.

»Könnte Pinocchio eigentlich wirklich sterben?«

Die ganze Klasse war augenblicklich ruhig. Auch ich. Gerade ich. Nur Henning-Johann-und-so-weiter nicht.

»Blöde Frage«, murmelte er hörbar in die Stille.

»Das stimmt nicht«, rief ich entrüstet.

»Richtig«, haben Sie gesagt, »das ist keine blöde Frage, Henning. Und du kannst sie uns ja sicherlich beantworten. Kann eine Holzpuppe sterben?«

Sie haben ihn sogar aufstehen lassen, und dann stand er da, wir schauten ihn alle an, und er sagte nichts. Mindestens zwei Minuten dachte er nach. Auch ich dachte nach, denn wenn einer momentan über das Sterben nachdenkt, dann ich. Aber es war mal was Neues, zu überlegen, ob eine Holzpuppe sterben kann. Das ist etwas ganz anderes, als wenn man über den Tod eines Menschen nachdenkt, was vielleicht jeder mal tun sollte, vielleicht sogar die Politiker, denn dann könnten sie ja auf die Idee kommen, einfach Holzpuppen in den Krieg ziehen zu lassen, dann müsste kein Mensch mehr sterben …

Nach einiger Zeit fing die Verena leise an zu weinen. Sie nimmt immer alles sehr persönlich, deswegen haben Sie uns mal gesagt, wir sollen immer sehr vorsichtig mit ihr sein. Henning-Johann-und-so-weiter setzte sich wieder hin. Sein Kopf war ganz rot geworden. Ich wollte ihn auslachen. Aber die Verena hatte auch einen roten Kopf, und so habe ich es bleiben lassen. Und dann stand Boris auf.

»Ich glaube schon, dass Pinocchio sterben kann«, sagte er, »vielleicht nicht so wie ein richtiger Mensch, schließlich ist er ja aus Holz. Aber er könnte ja verbrennen und wäre dann tot. Und so wäre er auch in uns tot. Weil wir ihn gemocht haben und er nun nicht mehr da ist.«

Da war mir die Holzpuppe egal. Boris weiß zwar über den Tod von Frau Schellack Bescheid, aber nicht, dass ich Schuld daran habe. Er hatte es geschafft, dass ich für den Rest der Schulstunde wieder mit meinem schlechten Gewissen zu kämpfen hatte. Denn wenn es stimmt, was er gesagt hat, und wenn das auch für Menschen und nicht nur für Holzpuppen gilt, dann wäre Frau Schellack nicht nur körperlich tot, sondern auch in mir gestorben.

Ist das nicht furchtbar? Ich habe sie mir selbst weggenommen!

Australien

Über die Rakete, die zwei Wochen zuvor ins Weltall geschossen wurde, hatte ich nichts mehr gelesen. Vielleicht war die Mission missglückt. Vielleicht war die Rakete explodiert. Und wir haben es nur nicht gehört. Das Weltall ist ein großes Vakuum. In einem Vakuum ist es still. Wenn dort also etwas explodiert, hört man nichts. Unglaublich eigentlich, aber das hatte ich aus einem *WAS IST WAS*-Buch: *Die Lehre vom Schall*. In einem anderen Buch dieser Reihe gab es ein großes Bild von der Erde, wie sie, vom Weltall aus gesehen, aussieht. Ein Satellit hatte es aufgenommen, es war in Farbe und sehr beeindruckend. Mit einer riesigen Lupe hatte ich mir das Foto genauer angeschaut. Ich hatte Europa erkannt, Italien und sogar Deutschland, aber das Bild war zu unscharf gewesen, um unsere Stadt, unsere Straße oder gar unser Haus zu erkennen.

Das wäre sowieso nicht einfach gewesen, denn das Haus, in dem wir wohnten, sah aus wie alle anderen in unserer Straße. Die Fassaden waren aus rotem Sandstein, in den Vorgärten standen dornige Vogelbeerbüsche, und jedes Haus hatte eine Toreinfahrt, die entweder zu einer Garage oder zu einem Hinterhaus führte. Die alten Häuser sahen sich alle ähnlich, aber die Menschen, also besonders unsere Nachbarn, waren ganz verschieden. Manchmal versuchte ich mir vorzustellen, dass die Menschen in den anderen Häusern genauso unterschiedlich wären wie die bei uns, doch es gelang mir nicht. Je weniger man die Menschen kennt, umso ähnlicher scheinen sie sich zu sein.

Die Wohnung unter uns gehörte einem weißhaarigen Waffenhändler, dem Mann von Frau Schellack. Mit ihm hatten wir früher immer Ärger wegen des Lärms, den ich machte. Dabei müsste ein Waffenhändler doch an Lärm gewöhnt sein.

Angeblich war Herr Schellack vor einiger Zeit in ein arabisches Land geflüchtet, nachdem man seine illegalen Machenschaften aufgedeckt hatte. Seine ebenfalls weißhaarige Frau hatte er allein zurückgelassen. Sie hatte die Heizung ständig voll aufgedreht, auch im Sommer. Wir hatten immer warme Füße. Auch im Winter. Früher hatte ich gedacht, als Frau eines eiskalten Waffenhändlers müsse man die Heizung aufdrehen, um mit so jemandem zusammenleben zu können. Und vielleicht gewöhnt man sich dann einfach an die Wärme.

Über uns wohnte ein Künstler, der aussah, als hätte er Magenprobleme. Neben uns wohnte das Ehepaar Sorge, das sich ständig stritt und mit Knoblauch kochte. Und im Erdgeschoss, neben dem Atelier eines Fotografen mit Günter-Netzer-Frisur, lag noch eine weitere Wohnung. »Die Bartoldys.« Keine Ahnung warum, aber meine Schwester und ich flüsterten ihren Namen, wenn wir über sie sprachen, und manchmal versuchten wir, durch das Küchenfenster einen Blick auf sie zu erhaschen.

Frau Bartoldy pflegte ihren Mann, den wir noch nie zu Gesicht bekommen hatten. Es hieß, er sei früher ein bekannter Musiker und Musikkritiker gewesen. Hin und wieder hörte man leise Jazzmusik und jemanden, der mit einem Stock rhythmisch auf den Boden stampfte. Ein einziges Mal hatte ich dabei die Stimme des alten Bartoldy gehört.

»Hörst du, Edda«, hatte er gesagt, »auch Art Blakey hält sein Tempo nicht durch, nichwahr?«

Die Bartoldys hatten einen Sohn: fünfzig Jahre alt und schmächtig, gerade mal ein paar Zentimeter größer als meine Schwester. Er trug einen abgewetzten Trenchcoat, immer und überall. Einmal im Monat ließ er sich von Vater das schüttere, leicht ergraute Haar schneiden. Vater und er redeten dabei aber nie ein Wort.

Herr Bartoldy Junior hatte ein Geheimnis, und das lebte im Keller: eine Schildkröte. Manchmal ging er mit ihr spazieren. Er hatte einen Einkaufskorb, in dem er sie herumtrug. Von unserem Balkon aus hatte ich schon öfters gesehen, wie er, sobald er von der Wohnung seiner Eltern aus nicht mehr zu sehen war, die Schildkröte herausnahm und sie auf den Bürgersteig setzte. Er schaute zu, wie sie bedächtig an den Vorgartenmäuerchen entlangging. Dann kroch die Zeit so langsam dahin wie das Tier. Erst wenn der Minutenzeiger sich bewegte, machte auch Herr Bartoldy Junior einen Schritt, um seine Schildkröte einzuholen.

An einem der Vorgartenmäuerchen lebten winzige Ameisen. Sie waren so klein, dass ich sie, wenn ich im Stehen auf sie herunterschaute, gar nicht richtig erkennen konnte. Einmal hatten Boris und ich ein Einmachglas mit auf die Straße genommen. Wir hatten eine Plastiktüte auf den Bürgersteig gelegt, glatt gestrichen, ein paar Ameisen darauf gesetzt und ein brennendes Streichholz in das Glas gehalten. Das hatte ich im Fernsehen gesehen, allerdings bei Menschen. Dann hatten wir das Glas schnell über die Ameisen gestülpt. Die Plastiktüte wurde durch das Vakuum sofort in das Glas gesaugt. Die Ameisen aber hatten überlebt. Vielleicht waren sie so klein, dass ihnen ein Vakuum nichts anhaben konnte. Dann könnten sie im Weltall leben und zuschauen, wie lautlos Raketen explodieren.

*

An dem Sonntag, zwei Tage nach dem 1:0 gegen Chile und der nächtlichen Gründung der »74er Schlappekicker«, redeten Herr Bartoldy Junior und ich zum ersten Mal miteinander. Normalerweise war es Vater, der sonntags die Brötchen beim Bäcker um die Ecke holte. Doch die Nachwehen der Siegesfeier vom Freitag hatten ihn schon den gesamten Samstag ans Sofa gefesselt, und auch heute war er noch nicht richtig wieder auf den Beinen. Das und ein Eis meiner Wahl zur Belohnung führten dazu, dass ich mich schicken ließ.

Ich rutschte das Treppengeländer hinunter. Im Vorbeiflitzen am ersten Stock hob ich grüßend meine Hand, weil Frau Schellack gerade die Tür öffnete.

»Meine Güte, Paul! Was hast du mich erschreckt!«

»'tschuldigung! Was ist mit Ihrer Handtasche? Haben Sie die wiedergefunden?«

»… wiedergefunden. Nein, aber die findet sich schon noch an«, schallte es durch das Treppenhaus.

Frau Schellack hatte die Angewohnheit, das letzte Wort, das man zu ihr gesagt hatte, wie ein Echo zu wiederholen. Manchmal, bei einfachen Sätzen, sprach ich deshalb das letzte Wort einfach nicht aus. Das machte dann Frau Schellack für mich.

»Ich gehe zum Bäcker«, rief ich, »da frage ich noch einmal …«

»… nach.«

Vor unserem Nachbarhaus begegnete ich Herrn Bartoldy Junior und seiner Schildkröte, die auf das Mäuerchen zuhielt, das den Vorgarten des nächsten Hauses umschloss.

»Guten Morgen, Herr Bartoldy«, sagte ich. Laut.

»Pst!«, machte er. Überrascht blieb ich stehen. Nie zuvor hatte er etwas zu mir gesagt. Nun gut, es war auch diesmal kein richtiger Satz. Wir schauten seiner Schildkröte zu und machten ab und zu einen Schritt, um sie einzuholen.

»Wie heißt sie?«, flüsterte ich.

»Luise«, sagte er und nach einer Weile: »Claudia.«

Ich blickte ihn verwundert an. Er hatte kleine Zettel in der Hand, die er unablässig sortierte.

»Elisabeth.«

»Warum hat sie drei Namen?«

Er schaute an mir vorbei. Ich fand das irritierend. Augenkontakt ist wichtig. »Wer dir nicht in die Augen schaut, mein Paulemann«, hatte die Kleine Oma immer gesagt, »der hat etwas zu verbergen.«

»Sie hat keine drei Namen«, antwortete Herr Bartoldy Junior schließlich, »ich weiß nur nicht, wie sie heißt. Jeden Tag probiere ich neue Namen aus, aber bislang hat sie noch nicht reagiert.«

Mir brannte eine Frage auf den Lippen: Wie sollte seine Schildkröte denn reagieren, wenn er den richtigen Namen gefunden hätte. Bliebe sie dann stehen und schaute ihn an? »Ja?« würde sie ja eher nicht sagen. Und überhaupt: Haben Schildkröten Ohren? Doch ich kam nicht dazu, meine Fragen zu stellen, denn er legte mir die Hand auf die Schulter.

»Komm doch mal vorbei, dann zeige ich dir die Namen.«

»Wie … kann man denn … Namen zeigen?«

Herr Bartoldy Junior lächelte und wedelte mit seinen Zetteln.

»Das wirst du dann schon sehen, Paul.«

Gedankenversunken ging ich weiter. Vater hatte Mutter einmal erzählt, dass Herr Bartoldy Junior sein halbes Leben in der Psychiatrie verbracht habe. »Er sei zu intelligent für diese Welt, hat seine Mutter mir erzählt, aber wenn du mich fragst, hat ihr Junior einfach einen Dachschaden.«

Und ich hatte mich gefragt, was das heißt: ein halbes Leben? Das wären dann ja fünfundzwanzig Jahre!

Bäcker Winter gähnte.

»Frau wer?« Er kratzte sich unter der Bäckermütze. Semmelblond? Ich hatte ihn noch nie ohne seine Mütze gesehen.

»Frau Schellack. Es-ce-ha-e-el-el-a-ce-ka. Die alte Frau aus meinem Haus. Die mit den weißen Haaren. Sie hat ihre Handtasche verloren.«

»Was weiß ich, wo du wohnst …«

Er suchte mir aus dem Brötchenberg die besten heraus, ich wühlte in der Truhe nach einem Eis und bezahlte.

»Aber eine Handtasche habe ich gesehen.« Wieder kratzte er sich am Kopf und verschob dabei die Mütze. Semmelblond. »Vorgestern? Na … ich weiß nicht mehr, aber sie lag auf der Erde, und dann habe ich sie … wie war das noch? … man schaut ja nicht rein … auf die Mauer habe ich sie gelegt, ja genau, da drüben.«

Er zeigte auf die andere Straßenseite, aber auf dem Mäuerchen lag keine Handtasche. Ich stürzte hin und wühlte mich durch den verdreckten Vorgarten. Nichts. Ich hätte Frau Schellack so gerne überrascht.

Die Schildkröte saß im Korb und aß Salatblätter, als ich mit Brötchentüte und Eis vom Bäcker zurückkam.

»Na, ruht sie sich aus?«, fragte ich. »Oder macht sie Urlaub?«

Aber nun schwieg Herr Bartoldy Junior, wie er es immer tat.

»Wir fahren auch bald in den Urlaub. An die Nordsee, auf eine Insel.«

Auf Vaters Schreibtisch hatte ich vor ein paar Wochen

einen Katalog entdeckt, in dem mit einem dicken Stift ein Haus auf Langeoog eingekreist war.

»Ich freu mich drauf …«

Ich hätte mich auch mit einem Laternenpfahl unterhalten können. Ich machte einen Schritt auf unser Haus zu. Ich blieb stehen. Ich schaute ihn wieder an. Ich zuckte mit den Schultern.

»Na, dann …«

Als ich höflich lächelte, kam ich mir komisch vor. Was passiert, wenn man jemanden anlächelt, der das gar nicht bemerkt? Ist das Lächeln dann gültig? Oder kann man es wieder zurücknehmen? Schließlich könnte die Anzahl der Lächeln, die man im Leben hat, begrenzt sein.

Dann hob die Schildkröte, die keinen Namen hatte, ihren Kopf und starrte mich ernst an. Ich aber lächelte auch sie an und nahm mir vor, das irgendwo aufzuschreiben: »Am 16. Juni 1974 lächelte ich eine namenlose Schildkröte an.« Auf der Skala von 1 = sinnvoll bis 6 = vergeudet würde ich diesem Lächeln eine 4 geben. Oder besser eine 3. Man konnte ja nie wissen. Schildkröten können sehr alt werden. Und vielleicht waren sie nachtragend.

Am Frühstückstisch sprach ich den Sommerurlaub an.

»Ich muss überlegen, was ich alles mitnehmen soll.«

»Wir fahren doch gar nicht weg«, sagte Vater verwundert und schaute Mutter an. »Wie kommt der Junge auf solche Ideen?«

Er biss in sein Brötchen, das er sich sonntags immer selbst schmierte, kaute und erzählte dabei, dass er und Mutter entschieden hätten, den Sommer zu Hause zu verbringen. Und damit wirbelte er unsere Pläne – ich hatte meiner Schwester von dem Katalog erzählt – vollkommen durcheinander.

»Wie könnt ihr so etwas einfach entscheiden?«

Meine Schwester war empört. Vater und Mutter erklärten uns, dass sie sich ihre Urlaubstage für die Fußballweltmeisterschaft aufgespart hätten. Nach der ersten Gruppenphase wollten sie zu Hause bleiben. Falls unsere Mannschaft weiterkäme.

»Wir haben nie darüber geredet, dass wir in diesem Sommer wegfahren«, sagte Vater trotzig.

»Wir sind doch immer weggefahren«, fauchte meine Schwester. Hilflos schaute Vater Mutter an. Er konnte es nicht ertragen, wenn seine Kinder enttäuscht von ihm waren. Mutter versuchte, die Situation zu retten, wie immer.

»Es wird schön werden, so wie ein Wochenende, das drei Wochen dauert.«

Aber dieses Mal hatte sie einen Fehler gemacht.

Unsere Wochenenden!

Die Sonntage waren fürchterlich, seitdem wir diesen Flokati-Teppich hatten. Aus einem ihrer Seminare an der Universität hatte Mutter die Idee von einem Familienrat mitgebracht. Wir sollten die Prinzipien von Basisdemokratie und Mitbestimmung kennenlernen. In so einem Familienrat, hatte sie erklärt, habe jeder die gleichen Rechte. Dort hatte ich also zwei Anträge eingereicht: Keine Sonntagsarbeit! Keine Kinderarbeit! Meine Schwester hatte mich dabei unterstützt. Doch Vater hatte mit mehreren Gegenanträgen gekontert: Kein Taschengeld! Kein Fernsehen! Kein Zucker auf die Cornflakes! Ich hatte meine Anträge zurückgezogen. Meine Schwester hatte mich dabei unterstützt. Danach hatten wir den Familienrat boykottiert.

Unsere Eltern waren so stolz auf den Flokati, dass in seinem Fall Mitbestimmung nicht akzeptiert wurde. Die einzelnen Stücke waren zusammengenäht und bedeckten den gesamten Wohnzimmerboden wie ein »weißschäumendes Meer«, so schwärmte Mutter immer. Doch die Sache hatte einen Haken: Die ganze Familie musste sich sonntags hinknien und mit dicken Kämmen die weiße Schafwolle bearbeiten, damit sie nicht verfilzte.

War Mutter in Stimmung, legte sie dazu eine Schallplatte von Simon & Garfunkel auf. Mittlerweile konnte ich die Lieder auswendig. Manchmal aber setzte Vater sich durch und kramte die Scheibe von Udo Lindenberg hervor. Die war das Geschenk eines befreundeten Taxifahrers mit wirren, selbst geschnittenen dunklen Haaren: Bruder Kolja. So nannte er sich. Hin und wieder stand er überraschend vor der Tür, ging wortlos zum Klavier im Wohnzimmer, um nach einer Stunde heftigen Geklimpers mit den Worten »macht kaputt, was euch kaputtmacht!« wieder zu verschwinden.

Mein absoluter Hit auf dieser Schallplatte hieß *Gerhard Gösebrecht*, ein Lied über einen Außerirdischen, der den Sänger, also Udo Lindenberg, beim Fahren auf der Autobahn anhält und ihn überredet, mit ins 13. Sonnensystem zu kommen, um das Musikministerium zu übernehmen. »Wir haben die Nase vom Kosmosrock voll, wir wollen jetzt den irdischen Rock'n'Roll!« Was für ein Quatsch! Aber trotzdem: Neben meinem Interesse für Zorro und andere Freiheitskämpfer hatte ich dadurch eine Leidenschaft für das Weltall entwickelt.

Diese Kombination war nicht übel. Für Freiheit kämpfende Menschen brauchen Utopien, hatte Bruder Kolja mir einmal erklärt. Für ihn war Che Guevara der Quell seiner Zukunftsvisionen, wie er es nannte. Ich hingegen malte mir lieber mit Lebensformen auf fernen Planeten meine eigenen Utopien aus. Ich teilte diese Leidenschaft mit

Boris, jedoch mit einem Unterschied. Boris sah sich selbst als Vorbild eines auf einem fremden Planeten wohnenden Volkes.

»Weißt du, die trinken den ganzen Tag Fanta und essen Würstchen. Außerdem: Sie machen alles mit ihren Füßen«, sagte er. Boris hatte als Contergankind nur zwei verkrüppelte Arme. Aber auch wenn ich seine Meinung darüber, wie Außerirdische aussehen würden, nicht teilte, konnte ich gut verstehen, warum Boris so dachte: »Sie können mit den Füßen schreiben, mit ihnen Auto fahren, und wenn sie sich die Nase putzen müssen, kommt ein Roboter und hält ihnen das Taschentuch.«

In meinen Augen waren die Außerirdischen ein Volk von Individualisten, ein jeder ausgestattet mit seiner eigenen Religion und Sprache, seinem eigenen kleinen Mikrokosmos, in dem er wie in einer Seifenblase lebt und umherfliegt. Wenn die Außerirdischen sich begegnen, dann können die Seifenblasen miteinander verschmelzen, vorausgesetzt, sie mögen sich. Ein heller Schein entsteht dabei. Wir glauben dann, es wäre eine Sternschnuppe. Treffen sie aber auf jemanden, mit dem sie nicht auskommen, blitzt und kracht es, und wir auf Erden denken, es würde gewittern.

Für mich sollten die Außerirdischen nicht alle gleich aussehen, so wie Boris das wollte. Ich wollte keine Harmonie zwischen ihnen, so wie Boris. Boris wollte nur Borisse im Universum, schließlich litt er oft darunter, anders als wir anderen zu sein. Ich wollte Vielfalt und Chaos, weil ich nur einer unter vielen war. Vielleicht waren wir deswegen Freunde geworden. »Gegensätze ziehen sich an, mein Paulemann.«

*

Zurück zum Teppich. Auch wenn das Bürsten Pflicht war, beteiligten sich nicht immer alle daran. Meine Schwester ersann andauernd Ausreden, um davon befreit zu werden: Hausaufgaben, Unwohlsein, Schmerzen in der Hand, die ich damals auf die Herdplatte gelegt hatte, oder ein dringend benötigtes Schaumbad. Sie beherrsche, wie Vater vor kurzem aus dem Buch von Arno Schmidt zitiert hatte, *»längst das Liderspiel, die Wimpernschläue«*, und das hatte ihr dabei geholfen, die Eltern in ihrem Sinne zu beeinflussen. Meine Schwester hatte dazu eine Theorie entwickelt.

»Offiziell wollen sie ja nur das Beste für *uns*. Aber in Wirklichkeit geht es allein um sie. Sie fühlen sich am wohlsten, wenn es uns gutgeht, weil wir *sie* dann am wenigsten nerven.«

Sie nannte das die »eigennützige Übertragungstheorie«. Ich war mächtig neidisch darauf. Vor allem, weil sie das so erfolgreich anwenden konnte.

Aber seitdem Großvater gestorben war – oder »entschlafen«, wie der Arzt damals gesagt hatte –, scherte noch ein weiteres Familienmitglied aus. Vater, der seinem Vater zu Lebzeiten meist aus dem Weg gegangen war – »Wie kann man nur Friseur werden, Jung!« –, tauchte auf einmal mit diesem Buch auf, das sein Vater ihm vererbt hatte. Er hatte die Absicht, *Zettels Traum* innerhalb eines Jahres zu lesen, um Großvater, der von allen nur mit »der Herr Professor« angeredet wurde, dieses dicke Buch aber nie zu Ende gelesen hatte, »die letzte Ehre zu erweisen«. Und deswegen hatte Vater eines Tages verkündet, sich an dem Bürsten des Flokati nicht mehr zu beteiligen.

»Wie soll ich das denn sonst schaffen? 1334 Seiten!«

Mutter hatte ein paar Wochen lang stillgehalten, immer in dem Glauben, ihn würde unsere Schufterei irgendwann erweichen. Doch heute, an dem Sonntag, als ich die Brötchen geholt hatte, weil Vater ein zweitägiger Kater plagte und wir die Wahrheit über unsere Sommerferien erfahren hatten, da hatte sie genug.

»Hörst du mir überhaupt zu?« – »Du Egoist!« – »Leg. Endlich. Dieses. Buch. Weg!« – »Ich schmeiß das Buch aus dem Fenster, wenn du nicht sofort …«

Auf all diese Fragen, Vorwürfe und Drohungen antwortete Vater – vertieft in die Seiten – entweder mit »Hm?« oder »Hä?« oder »Was?« oder gar nicht. Meine Schwester und ich kicherten über diesen Dialog, allerdings nicht lange. Mutter nahm Vater das Buch weg. Er schaute erstaunt hinter ihr her, wie sie es zum Balkon schleppte und hinunter auf die Straße warf.

Bei meiner Schwester und mir dauerte es einen Moment, bis wir richtig begriffen, was passierte. Sie wälzten sich tatsächlich über den Flokati, zogen sich an den Haaren und schrien. Wir hatten so etwas früher selbst gemacht. Es hatte zu unseren Ritualen gehört, auch wenn es weh getan hatte. Meine Schwester hatte schon immer mehr Kraft als ich gehabt, und so wurde ich zu einem Meister im Kneifen und Kratzen. Jetzt aber waren wir besorgt über unsere sich prügelnden Eltern. Es passte nicht zu dem, was sie uns immer gepredigt hatten: freundlich sein, niemals Gewalt anwenden, einander verstehen.

Der Kampf zwischen ihnen wogte hin und her. Mein Vater verhielt sich dabei immer noch wie ein Gentleman. Jedes Mal, wenn er die Oberhand hatte, ließ er es zu, dass meine Mutter kontern konnte. Dann, als wäre es das Normalste auf der Welt, stolzierte der Kater meiner Schwester durch die Szene. Er lief gemächlich zu dem hässlichen Gummibaum, ein »das ist ja wieder mal ein typisches Geschenk« (Vater) von der Bösen Omi, gähnte und setzte sich hin.

»Hört auf«, rief meine Schwester zum wiederholten Mal. Sollte ich vielleicht irgendeinen Unsinn machen? Damit sie aufhörten und mich ausschimpften? Noch während ich überlegte, rollten sie gefährlich nahe auf den Kater zu. Das schwarze Ungetüm geriet in Panik und warf den Gummibaum um. Er fiel auf den Hinterkopf meiner Mutter. Sie nahm diesen nicht sehr heftigen Treffer – es war ja schließlich nur ein *Gummibaum* – zum Anlass, mit einem Aufschrei ohnmächtig zu werden.

Ich war beeindruckt. Ich hätte es genauso gemacht. Sofort hatte Vater ein schlechtes Gewissen. Er wedelte ihr handschwach Luft zu und sprach zugleich besorgt und beruhigend auf sie ein. Meine Schwester hatte unterdessen das Buch hochgeholt. Es war etwas ramponiert.

Mein Vater – jetzt schon wieder ganz der rücksichtsvolle Ehemann – versprach hoch und heilig, von nun an erst nach dem Flokati-Bürsten das Buch aufzuschlagen. »Ich lese doch auch für dich«, beteuerte er, worauf Mutter die Augen verdrehte. Mein Vorschlag, er könnte zur Strafe auch meinen Teil übernehmen, ging zwischen den ganzen Beteuerungen »Verzeih mir!« und »Ich hab dich doch lieb!« irgendwie unter. Dann hatte ich genug.

»Und was ist jetzt mit dem Katalog?«

»Was für ein Katalog?«

Vater schaute mich ratlos an.

»Wo du mit einem Stift ein Haus auf Langeoog eingekreist hast.«

»Na ja …«, stotterte er herum, während wir drei ihn anstarrten, »… das ist doch nur für den Fall, dass wir ausscheiden.«

Mutter holte tief Luft. »Ist. Ja. Interessant. Und wieso weiß ich nichts davon?«

Am folgenden Tag gingen sich meine Eltern aus dem Weg. Sie sprachen kaum noch miteinander, und immer öfter nutzten sie uns Kinder als Übermittler von Nachrichten. Als am Abend darauf Vater vom Fußballschauen in der Pizzeria nach Hause kam, da war er betrunken.

»Overath, Cullmann, Müller«, rief er immer wieder durch die Wohnung – die Namen der drei Torschützen gegen Australien. Meine Mutter konterte mit »Verantwortungslosigkeit«, »Alkoholiker« und »Gästebett«, und tatsächlich entdeckte ich, wie Vater am nächsten Morgen aus dem Gästezimmer kam. Im Pyjama. Ich warf einen Blick ins Zimmer. Das Bett darin war vom Schlaf zerwühlt. Ich war ratlos. Der blöde Teppich, der doofe Fußball und diese seltsame Wilma – das waren alles Dinge, die nicht zu unserer Familie passten. Warum konnte man das alles nicht ungeschehen machen? Darauf wollte ich eine Antwort finden.

Freitag, 18. Oktober 1974

Liebe Frau Ludwig,

jetzt ist mein fünfter Tag im Keller, eine ganze Schulwoche schon. Ich bin wirklich froh, dass ich mittags immer hier wegkann. Ich habe es mir zwar ganz gemütlich gemacht mit dem Sessel, der Stehlampe und dem Tisch, doch mir fehlen das Tageslicht, die Sonne, die bunten Farben.

Vor einem Jahr oder so hatte ich mit der Bösen Omi ein ernstes Gespräch über Farben. Sie ist die Mutter meiner Mutter, und wir nennen sie heimlich »Böse Omi«, weil sie immer diese scheußliche Diätmargarine isst. Ja, ich weiß, das ist eigentlich kein Grund, sie »böse« zu nennen. Aber stellen Sie sich vor, Sie müssten sie alle zwei Wochen besuchen, ihren Dackel streicheln und Berge von dick mit Diätmargarine beschmierten Broten essen! Und dann auch noch »Danke!« sagen!

Auf jeden Fall hat sie damals gesagt, wie gut ich es doch hätte, dass es jetzt so viel Farbe in der Welt geben würde: bunte Möbel, bunte Kleider, selbst das Fernsehen werde jetzt in Farbe ausgestrahlt. In ihrer Jugend, hat die Böse Omi erzählt, sei alles grau gewesen. Deswegen hätten die Nazis so viel Erfolg gehabt – wegen ihrer hellbraunen Uniformen und der schönen roten Fahnen.

»Aber die waren doch böse«, habe ich gesagt.

»Na, sicher waren die das«, hat sie geantwortet, »aber gerade deswegen haben sie ja das mit den roten Fahnen und den schönen Uniformen gemacht. Viele Menschen sind darauf reingefallen, und erst als es zu spät war, haben sie gemerkt, dass sie getäuscht wurden.«

»Was für ein Blödsinn«, hat Vater sich eingemischt, »von wegen Täuschung! Die meisten haben genau gewusst, was die Nazis vorhatten, und sie haben alle mitgemacht. Alle!«

Dann ist es eine Zeitlang still gewesen.

»Und was hast du damals gemacht«, habe ich Oma vorsichtig gefragt.

»Na, was wohl? Ich habe Kinder bekommen, deine Mutter, deine Tanten, deinen Onkel …«

»Weil der Führer es so wollte!«

Wissen Sie, Frau Ludwig, auf diese Weise enden in meiner Familie alle Gespräche über diese Zeit. Eigentlich sind mein Vater und meine Oma derselben Meinung. Eigentlich finden beide, dass Hitler und die Nazizeit schrecklich waren. Aber mein Vater tut immer so, als wäre die Böse Omi schuld daran, dass es die Nazis überhaupt gegeben hat. Und sie sagt dann immer, dass er ja gar nicht dabei gewesen sei und somit kein Recht habe, und so weiter.

Aber ein bisschen ist Vater doch dabei gewesen. Das weiß ich von der Kleinen Oma. Der Herr Professor, also mein Großvater, hat ihn nämlich manchmal »Pimpf« genannt, bis vor kurzem sogar noch, und dann ist Vater immer rot vor Wut geworden.

»Ach ja, Pimpf«, hat die Kleine Oma geseufzt, als ich sie danach gefragt habe, »so haben sie die Jungens genannt, die noch zu klein für die Hitlerjugend waren. Aber trotzdem hat dein Vater schon eine Uniform getragen, mein Paulemann, und die hat ihm so gut gestanden. Und einmal durfte er sogar die Standarte halten, die Fahne. So schöne Farben …«

Und jetzt sei wieder alles so schön bunt, hat die Böse Omi gesagt. Aber ob das dieses Mal gutgehen wird? Vielleicht sollte nur die Natur bunt sein dürfen, und das, was

Menschen geschaffen haben, grau. Wie bei mir im Keller, wo trotz des Neonlichts alles irgendwie farblos aussieht.

Vielleicht ist das auch ein Grund gewesen, warum ich vorhin, als ich die Treppe herunterging, das Licht nicht angemacht habe. Einfach so, ich wollte nur mal ausprobieren, wie das so ist, wenn man gar nichts sieht. Völlige Dunkelheit. Besser als Grau.

Wenn man nichts sieht, ist es erst mal nur laut. Als würden die Ohren versuchen, die Augen zu ersetzen. Und wenn es so laut ist, verliert man die Orientierung. Versuchen Sie mal, mit geschlossenen Augen exakt geradeaus zu gehen, während neben Ihnen ein Staubsauger dröhnt. Das geht nämlich nicht.

Auf dem stockdunklen Weg zu meinem Heizungskeller bin ich vor lauter Lärm am Wasserhahn hängen geblieben. Ich bin hingefallen und habe ihn dabei aus Versehen aufgedreht. Das Wasser lief, ich lag auf dem Boden und wurde nass.

Es ist mir etwas peinlich, das zu schreiben, aber ich habe gelacht. Ich habe mich in dem Wasser gewälzt und gelacht. Komisch, oder? Ich meine, ich bin fast dreizehn, und ich mache ziemlich viel Unsinn. Aber das hier war etwas ganz anderes.

Ich war nicht mehr ich. Also besser gesagt, ich war vollkommen ich. So sehr war ich noch nie *ich* wie hier auf dem Kellerboden. Wie das erste Lebewesen auf der Erde. Nichts mehr denken, nichts mehr wissen, nur noch fühlen. Fühlen, wie das Wasser in meine Klamotten drang, wie der sandige Boden an meiner Backe rieb, und weil es so dunkel war, klang das Plätschern des Wasserhahns wie ein ewig rauschender Bergbach. Mir war heiß, obwohl das Wasser eiskalt war, ich sah Farben, auch wenn alles um mich herum schwarz war, es roch nach allem, was mir in den Sinn kam, nach gemähten Wiesen, von der Sonne aufgeheizten Wäldern oder nach frisch gebackenen, noch warmen Brötchen. Nur nach Keller roch es nicht.

Doch dann fiel mir mein Versteck ein.

Ich hatte keine Ahnung, wie lange ich mich schon in dem Wasser gewälzt hatte. Vielleicht war der Heizungskeller schon vollgelaufen? Ich rappelte mich hoch. Ich tastete nach dem Hahn. Ich drehte ihn zu. Ich machte das Licht an. Eine Minute Licht: eine Minute Stille. Bevor das Licht wieder ausging, war ich bereits in meinem Versteck. Ich drückte auf den Lichtschalter. Kurz flackerte das Neonlicht auf. Dann gab es eine Explosion. Es wurde schlagartig dunkel. Die Röhre brummte nur noch. Ich tastete nach der Stehlampe und schaltete sie ein.

Gott sei Dank, ich lachte. Hier war alles trocken. Doch als ich an mir herunterschaute, sah ich die Bescherung: Ich war völlig verdreckt. Das Lachen blieb mir im Halse stecken. So, wie ich aussah, könnte ich heute Mittag unmöglich so tun, als käme ich aus der Schule. Ich wartete eine Stunde oder so, um sicher zu sein, dass die Wohnung leer war. Und dann bin ich hoch, neue Klamotten holen, mit fünfzehn verschiedenen Ausreden auf den Lippen, sollte doch jemand da sein.

Aber ich war allein.

Freitag, 18. Oktober 1974, etwas später

Liebe Frau Ludwig,

vielleicht hätte ich Ihnen das nicht erzählen sollen, das mit dem Wasser. Schließlich sind Sie meine Lehrerin. Also vergessen Sie bitte, was ich vorhin geschrieben habe.

Ich bin einfach nur komisch gewesen. Und ich glaube, ich weiß auch, warum. Es liegt an der Geschichte, die ich Ihnen aufschreibe. Sie beschäftigt mich sehr. Dieser Kampf zwischen meinen Eltern hat für mich immer noch eine ziemlich große Bedeutung. Es passte nicht zu ihnen. Es passte nicht zu meinem Bild von ihnen.

Ich kann es Ihnen am besten beschreiben, wenn ich Ihnen erzähle, wie sie immer über ihre Hochzeitsreise geredet haben. Das gehörte zu den Geschichten, die sie gerne erzählten und sich dabei anstrahlten.

Das Wichtigste, was auf dieser Reise passiert ist, geschah in einer Seitenstraße vom Markusplatz. Vater versuchte gerade, eines seiner komplizierten Taubenfotos aufzunehmen, während Mutter zwei älteren Frauen zuschaute. Die beiden unterhielten sich auf einer Bank vor ihrem Haus und falteten eine Plastiktüte nach der anderen nach einem bestimmten Prinzip. Es entstanden dabei winzige Rechtecke, kaum größer als eine Streichholzschachtel.

Vater war mit den Tauben beschäftigt. Licht und Schatten spielen bei all seinen Fotografien eine wichtige Rolle. Die Tauben aber jagten jedem von den Touristen hingeworfenen Brotkrümel nach und ignorierten seine Anweisungen. Mutter mit dickem Bauch, in dem meine Schwester gerade heranwuchs, setzte sich deshalb zu den beiden Frauen und ließ sich die Technik erklären.

»Es war so schön«, unterbrach Mutter dann immer an dieser Stelle Vaters Erzählung, »jeder war für sich, und trotzdem waren wir zusammen. In Venezia!« Vater seufzte und nickte daraufhin.

Die Geschichte hat eine Pointe, aber meine Schwester und ich haben sie nie zu hören bekommen. Mutter hat es jedes Mal gereicht, immer genau dasselbe zu sagen und Vater anzulächeln. Und vielleicht wollte Vater dieses Ritual nicht unterbrechen. So häufig lächelte sie ihn nämlich auch nicht an. Deswegen hat er uns auch nie erklärt, wie das letzte Foto entstanden ist, das in einem mit »Hände weg!« beschrifteten Briefumschlag aufbewahrt wird: Mutters Kampf mit einer Taube, die sich in ihrem Haar verfangen hat.

Ach, wenn Boris doch nur mit mir hier sein könnte! Mit ihm würde diese Teilzeitflucht ein Abenteuer sein, so wie unsere gesamte Freundschaft. Tip und Tap, Dick und Doof, Boris und Paul.

Als wir uns in der Schule kennenlernten, hatte ich ein Lieblingslied: »Puff, the Magic Dragon« von Peter, Paul & Mary. Wie gerne wäre ich der Paul in der Mitte dieses Trios gewesen, ich hatte sogar eine Zeitlang versucht, Freunde mit den beiden anderen Vornamen zu finden. Wir wären berühmt geworden, stellte ich mir vor, einfach nur, weil wir dieselben Namen gehabt hätten.

Aber mit keinem der Peters aus meiner Klasse wollte ich enger befreundet sein. Ich besprach dieses Problem mit dem Jungen, der seit kurzem neben mir saß: Boris. Ich schlug ihm vor, er solle sich umbenennen lassen. Das wollte er nicht.

»Boris, Paul & Mary klingt doch auch ganz gut!«

Eigentlich scheiterte alles daran, dass wir keine Mary fanden. Wir lebten einfach im falschen Land.

Da sitze ich hier und erzähle Ihnen aus meinem Leben, dabei sollte es jetzt endlich mal weitergehen mit der eigentlichen Geschichte. Sie ist nämlich noch lange nicht zu Ende, und Sie sollen ja alles, wirklich alles erfahren, um zu verstehen, warum ich abgehauen bin.

Aber eins noch: Wissen Sie, was der Nachteil an besten Freunden ist? Man kann ihnen dann doch nicht alles erzählen. Die Erwartungen sind zu hoch. Wenn man seinen besten Freund enttäuscht, enttäuscht man gleichzeitig auch sich selbst. Und wie hätte ich das überleben sollen: meinen besten Freund zu verlieren und somit auch mich selbst?

Deutsche Demokratische Republik

Das kurzärmelige Trikot war mir viel zu groß. Die Hose schlabberte mir um die Beine. Das Einzige, was passte, waren die Schuhe. Die waren aber auch nicht von Herrn Kösel, von dem Vater sagte, er würde Schund zu hohen Preisen verkaufen. Schuhmacher Pröll hatte sie mitgebracht, und sie wurden seinem Slogan »Qualitätsschuhe zu fairen Preisen« mehr als gerecht. Trotzdem: Er war verärgert, nicht weil Herr Kösel hinten auf die gelben Trikots »74er Schlappekicker« hat drucken lassen, sondern weil vorne »Sport-und-Freizeit-Kösel« stand.

Im Gegensatz zu mir sah Boris in den Klamotten toll aus. Die fünfzig Mark, die jeder Vater meinem Vater in die Hand hat geben müssen, hatten sich zumindest bei ihm rein äußerlich bezahlt gemacht.

»Wir sollten mit unserer neugegründeten Mannschaft, den ›74er Schlappekicker‹, für unsere Jungs von der Nationalmannschaft ein Zeichen der Solidarität setzen, damit sie auch die nächsten Spiele gewinnen!«

Die Väter meiner Mannschaftskameraden standen im Kreis um meinen Vater, den Präsidenten, herum, der eine Rede hielt und ein paarmal die Weltmeisterschaft erwähnte. *»Denkt dabei möglichst groß«*, endete er, ließ aber diesmal den Namen Wilma weg.

Doktor Wolff war auch gekommen. Vater hatte seinen Freund gefragt, ob er der Mannschaftsarzt sein wollte. Wahrscheinlich wollte er ihm etwas Gutes tun, denn Frau Wolff hatte sich vor kurzem scheiden lassen, und irgendetwas war mit seinem Kind, aber ich habe vergessen, was. Über den Rand seiner großen Brille schaute er jetzt besorgt in unsere Richtung, denn wir zwölf Kinder hockten auf dem Rasen, und die meisten von meinen Mitspielern betrachteten ihre blauen Flecken, die sie sich gerade zugefügt hatten. Ich weiß nicht, von welchem Teufel Vater geritten wurde, als er den Satz Trikots einfach vor unsere Füße geworfen hatte. Wir sollten uns selbst darum kümmern, wer welche Rückennummer bekommt. Die Größten und Stärksten trugen nun die begehrten Nummern 9, 10 und 11.

Ich hatte mir sofort das Trikot mit der 12 geschnappt – die Nummer für den Auswechselspieler, mein Beitrag für die »74er Schlappekicker«. Bei zwölf Kindern musste einer diesen Job übernehmen. Ich hatte somit auch keine Blessuren, auch weil Henning-Johann-und-so-weiter mich nur mit Worten hatte überzeugen wollen, ihm die 12 zu geben.

»Bitte.«

»Nein.«

»Bitte!«

»Nein!«

Schließlich bekam er die 6 und das Versprechen seines Vaters, den Anstoß ausführen zu dürfen.

»Ich will aber nicht spielen!«

Boris hatte die 4, und obwohl er darin, wie gesagt, perfekt – fast wie Georg »Katsche« Schwarzenbeck, der Ausputzer der Nation – aussah, hatte er schlechte Laune. Er wäre lieber Torwart gewesen.

Vater hob sein Schnapsglas. Die anderen Väter taten es ihm gleich. Sie tranken alles auf einmal aus und warfen, nachdem Vater es ihnen vorgemacht hatte, die Gläser hinter sich ins Gras. Er hatte sich das bei Ivan Rebroff abgeschaut, der das einmal in der *Peter Alexander Show* gemacht hatte.

»Los geht's, Jungs«, rief Vater, »stellt euch auf!«

Wir trabten auf den Bolzplatz, der mitten im Park lag – das *»Schauerfeld«*, wie Vater seltsamerweise meinte: zwei drei Meter breite Tore und dreißig Meter Sand dazwischen. Ich lehnte an einem Pfosten und schaute zu, wie sich alle anderen Jungens in den Sturm stellten.

»Auf, auf, Paul!«, rief Vater. Er stand am Anstoßpunkt und winkte. Ich drehte mich um und zeigte ihm meine Rückennummer. Vater wirkte resigniert.

»Na = schön: AS YOU LIKE IT.«

Langsam gewöhnte ich mich an seine Sprüche.

Die anderen Väter standen bei ihren Söhnen und diskutierten miteinander, wer wo spielen sollte. Ich sah die Mähne von Doktor Wolff beben, nachdem Vater ihm wohl einen Witz erzählt hatte. Ich scharrte mit den neuen Fußballschuhen im Gras. Nach einer Ewigkeit waren sie fertig: vier heulende Jungen in der Abwehr, drei mürrisch blickende Jungen im Mittelfeld, darunter Henning-Johann-und-so-weiter, und drei lachende Stürmer. Im Tor stand ein dicklicher Junge, den ich nicht kannte. Er war es, der den »Kampf« um das Trikot gegen Boris gewonnen hatte. Herr Kösel hatte es ihm einfach in die Hand gedrückt. Boris in der Abwehr war immer noch darüber verärgert.

»Und los«, rief Herr Kösel.

Er stand am Anstoßpunkt, trug jetzt schwarze Schiedsrichterkleidung – in diesem Fall allerbeste Qualität – und pustete in eine silbern glänzende Pfeife, fast so edel wie das Zigarettenetui von Frau Schellack. Dann warf er stolz einen Blick auf den Torwart. Natürlich! Sein Sohn, der, der auf die Gesamtschule ging und keine Freunde hatte. Auch bei ihm saß alles am rechten Fleck. Das machte es nicht besser.

Und los ging's. Henning-Johann-und-so-weiter führte den Anstoß aus, bekam den Ball zurück und schoss ihn ins leere gegnerische Tor. Die Stürmer schubsten ihn verärgert herum.

»1:0!«, sagte er trotzig.

»So geht das nicht«, sagte Doktor Wolff und zog seine Jacke aus. Seine Brille drückte er mir in die Hand. »Die Jungs brauchen einen Gegner.«

Das Spiel endete ungefähr 10:1 für unsere Väter und Doktor Wolff. Wir hörten irgendwann zu zählen auf, als uns klarwurde, dass das hier kein Spaß mehr war. Obwohl meine Mitspieler heftig dagegen protestierten, hatte ich ebenfalls einen kurzen Einsatz, weil der Sohn von Herrn Kösel nach dem achten oder neunten Tor nicht mehr mitspielen wollte. Somit wurde Boris Torwart. Ich nahm dafür seinen Platz in der Verteidigung ein.

»Mit dem haben wir jetzt überhaupt keine Chance mehr«, brummte die Nummer 6. Als hätten wir jemals eine Chance gehabt!

Es war Vater, der mich umrannte, als ich kurz in Ballbesitz kam. Er war es auch, der mich vom Platz trug. An der Seitenauslinie renkte Doktor Wolff meinen ausgekugelten Arm wieder ein. Vater strahlte die ganze Zeit.

»Na, Paul, das hat Spaß gemacht, was? Samstag in einer Woche gibt's das erste Pflichtspiel gegen die Jungs aus Rödelheim. Bis dahin bist du wieder fit.«

*

Das Gefühl von Einsamkeit umhüllte mich in dem Moment, kaum dass ich die Wohnungstür zuschlagen hörte. Stille war eingetreten. Vater war gegangen. Ich wünschte, ich könnte die Zeit bis zu jenem Moment zurückdrehen, an dem ich eingewechselt worden war. Dann sollte die Uhr stehenbleiben. Dann hätte sich weder meine Mutter über meinen verletzten Arm aufregen noch Vater so genervt auf sie reagieren können.

Manchmal träumte ich davon, ich könnte fliegen und würde mein Zimmer von oben, von einer Ecke der Zimmerdecke aus, betrachten. Wachte ich auf, glaubte ich jedes Mal, den Traum Wirklichkeit werden lassen zu können. Oftmals war ich kurz davor, mit dem nächsten Schritt abzuheben und zu fliegen. Fliegen. Als würde man durch die Luft tauchen. Warum sollte es auch nicht funktionieren? Doch die allerletzte Hürde, mit der Welt über dem Erdboden eins zu werden, hatte ich nie nehmen können.

Ebenso erging es mir jetzt mit meinem Wunsch, die Zeit anzuhalten. Denn Vater war fort. Stundenlang hatten sie im Schlafzimmer gestritten. Als würden wir dadurch nichts mitbekommen, hatten sie sich flüsternd angeschrien.

»Entweder«, hatte Mutter gezischt, »du bist ein Teil des Problems, oder du bist ein Teil der Lösung. Dazwischen gibt es nichts. So. Einfach. Ist. Das!«

»Jaja, Holger Meins mal wieder. Hungerstreik, was für ein Wahnsinn! Mach du nur deinen Revolutionskram, wie du willst«, hatte Vater zurückgegeben, »aber lass mich meinen machen.«

Meine Schwester und ich waren an der Schlafzimmertür tausend Tode gestorben und hatten mit klopfenden Herzen jedes Wort gehört, das sie sich an den Kopf geworfen hatten. Die Prügelei auf dem Flokati war nichts dagegen gewesen. Dann war Vater hinausgestürzt und Mutter hinterher.

»Hau bloß ab mit deinen bescheuerten Fußballweisheiten – und nimm deinen blöden Arno Schmidt mit!«

Und Vater hatte ihn mitgenommen. Das war so endgültig. Mutter schien uns erst zu bemerken, als die Tür ins Schloss fiel. Sie kämpfte mit den Tränen.

»Es ist nichts«, sagte sie, »nur eine kleine ... Meinungsverschiedenheit.«

Es dauerte die halbe Nacht, bis ich das Wort »Meinungsverschiedenheit« verdaut hatte. Aber der Wunsch, alles ungeschehen zu machen, der blieb. Und im Bett liegend war es einfach, sich vorzustellen, dass es auch eine andere Realität geben könnte, eine, in der alles wie zuvor war. Einfach nur die Zeit anzuhalten, das reicht nicht aus. Irgendwann muss sie ja weiterlaufen, man kann doch auch nicht endlos die Luft anhalten. Aber irgendwo könnte es eine Weiche geben, und dort würde man einfach rechts abbiegen können, so als hätte Vaters Grätsche mich verfehlt und ich das 2:10 geschossen.

Meine Deutschlehrerin hatte uns einmal vom Konjunktiv, der Möglichkeitsform, erzählt. Und wenn das in der Sprache möglich war, dann könnte es doch so etwas auch im richtigen Leben geben. Hätte, wäre, wenn, dann – mit diesen vier Wörtern eine Reizwortgeschichte zu schreiben, wäre wohl das Großartigste. Dann wäre alles möglich. Darüber schlief ich ein. Doch als hätte ich all das in der Nacht nicht gedacht, kam das Gefühl des Verlassenseins am nächsten Morgen wieder. Es saß mit am Frühstückstisch.

Die Samstagszeitung blieb unberührt. Meine Schwester und ich schwiegen uns an. Das Brot im Toaster erkaltete. Die Cornflakes weichten auf. Ein flämischer Meister hätte ein wunderbares Stillleben von uns anfertigen können. Mutter plapperte gegen die Stille an und tat so, als wäre alles in Ordnung.

»Wir können in den Zoo gehen …«

In den Zoo.

»Oder schwimmen?«

Schwimmen.

»Was möchtet ihr denn tun?«

Nichts.

Mutter rief: »Oh, die Wäsche!«, und kam erst gegen Mittag aus dem Badezimmer. Sie warf die steinhart gewordenen Toastbrote in den Müll.

»Paul, du gehst mit Boris Fußball spielen oder so. Und wir zwei gehen einkaufen. Ein paar neue Jeans?«

Ich hatte Mutter noch nie so verheult gesehen, und das verunsicherte mich noch mehr. Aber wie hätte ich sie trösten sollen? Lange hatten wir nicht mehr geschmust, nur der Gutenachtkuss war von früher übriggeblieben. Sie war die Starke in der Familie. Auch wenn sie Vater mit ihren politischen Ansichten oft auf die Nerven ging und er – ja vielleicht deswegen – manchmal ein Glas zu viel trank, war er immer so stolz darauf, dass sie andere in Grund und Boden diskutieren konnte. Jedenfalls hatte ich das bis jetzt gedacht.

*

Ich traf mich mit Boris im Park. Er hatte etwas dabei, mit dem er heftig winkte. Schon von weitem konnte ich sehen, dass es sich um einen dieser Groschenromane handeln musste, die zu Dutzenden am Kiosk auslagen.

»Das neueste Perry-Rhodan-Abenteuer!«, begrüßte er mich.

Ich schob die Gedanken an zu Hause weg und nahm ihm das Heft aus der Hand. *Operation Sonnenbaby.* Zwischen zackigen rotbraunen Bergen, die aussehen wie Kleckerburgen am Strand, wird ein kleines rundes Raumschiff ins dunkelblaue Weltall geschossen. *Die Sonne bekommt eine kleine Schwester – und Leticron bläst zum Großangriff*, stand unter der Zeichnung. Was für ein Unsinn! Ich gab es ihm zurück.

»Kenne ich.«

Spontan hatte ich mich für die schlechteste aller Antworten entschieden. Dabei hatte ich noch nie eine Geschichte von Perry Rhodan, dem Weltraumhelden, gelesen.

»Aber es ist ganz neu!«, klagte Boris. Ich setzte eine weitere, eine größere Lüge drauf. Wenn schon, denn schon.

»Und weißt du, was passiert? Perry Rhodan stirbt!«

Erst konnte ich es selbst nicht fassen, dass ich das wirklich gesagt hatte. Es gab unzählige von seinen Geschichten. Warum sollte er ausgerechnet in dieser sterben? Doch sie war herausgerutscht, die Lüge. Boris schaute zweifelnd auf das Heft mit der Nummer 668. Eine Mark fünfzig.

»Dad hat es mir doch gekauft!«

Dass Boris seine Eltern mit diesen Begriffen aus den amerikanischen Fernsehserien anredete, darüber hatte ich mich schon öfters aufgeregt. Und seltsamerweise bestärkte mich das in dem, was ich gerade getan hatte. Worte wie »Mum« und »Dad« klangen in meinen Ohren einfach nur falsch. Eine heile Welt gab es nicht, das erfuhr ich ja gerade selbst.

Wir gingen auf den Bolzplatz ein wenig üben, damit wir bei unserem ersten richtigen Spiel nicht zu schlecht aussehen würden. Perry Rhodan landete im Abfallkorb.

»Willst du es denn nicht …?«

»Du hast ja schon verraten, was passiert.«

Irgendwie tat es gut zu wissen, dass Boris mir glaubte.

Das war Freundschaft. Mittlerweile hielt ich meine Lüge auch fast für wahr. Die Reste meines schlechten Gewissens verschwanden beim Üben, denn Boris war großartig im Tor. Das lag nicht nur an meiner schwachen Schusstechnik, sondern vor allem an der Art, wie Boris sich dem Ball entgegenwarf. Während meine Füße wie Fremdkörper wirkten und mir bald die Zehen weh taten, war sein gesamter Körper eine einzige riesige Faust. Denn wegen seiner kurzen Arme konnte er den Ball ja nicht fangen. Wenn wir es schaffen würden, dass er im Tor stünde, würde er der Held des Spieles werden. Als ich ihm das sagte, huschte ein Lächeln über seine Lippen. Perry Rhodan war definitiv vergessen.

Während wir übten, sah ich in der Ferne Frau Schellack. Was kein Wunder war, denn sie ging oft hier spazieren, manchmal allein, ein paarmal mit mir. Und dann war sie jedes Mal so unglaublich freundlich, dass ich nie verstehen konnte, wie sie sich überhaupt mit diesem Waffenhändler hatte einlassen können.

Doch heute sah sie verletzlich aus, so klein und gebeugt, wie sie da entlangging. Ob sie wohl immer noch nach ihrer Handtasche suchte? Boris verlangte noch mehr Torschüsse.

»Gleich.«

Frau Schellack setzte sich auf die Bank neben dem Abfalleimer, in dem Perry Rhodan lag. Sie schaute nach rechts und links, und irgendwie sah es so aus, als würde sie sich mit jemandem unterhalten.

»Jetzt komm schon.«

Dann tat sie etwas Seltsames. Mit ihren Händen fuhr sie sich über das Gesicht, dann über ihren Busen. In ihrem Schoß blieben sie liegen. Eigenartig.

»Paul!«

Ich überlegte kurz, zu ihr hinzulaufen und sie zu fragen, was sie da mache und ob sie die Handtasche gefunden habe. Aber so wie sie ihre Hände nun hielt, konnte das nicht der Fall sein. Ich hob nun meine Hand und hoffte, sie würde es sehen. Doch sie schaute nur noch zu Boden.

Boris' Vater war Briefträger. Er trug die Post in Bergen-Enkheim aus. Sein Körper war von den hügeligen Gassen dort gestählt, und seine Haare sahen aus, als hätte er immer Gegenwind. Zudem hatte er, auch wenn er oft am Samstag arbeiten musste, früh Feierabend, worum ich Boris beneidete. Doch heute, als er kam und uns zuschaute, wünschte ich ihn fort. Er könnte mein Lügengerüst zum Einstürzen bringen, und das beunruhigte mich. Doch dann gab er mir ein paar Tips, die meine Torquote in die Höhe schießen ließen.

»Die Pieke ist der schlechteste Teil des Schuhs, um den Ball zu spielen«, erklärte er mir und meinte damit die Spitze des Fußes, die mir so weh tat. Wie dankbar war ich ihm für den Innen- und den Außenrist. Ganz zu schweigen vom Spann! Bislang hieß ein Fuß bei mir Fuß. Jetzt konnte ich ihn in seine Einzelteile zerlegen. Er sah dabei aus wie die Zeichnung eines Schweins an der Wand beim Metzger.

»Das könnte was werden beim nächsten Spiel«, sagte Boris' Vater zum Schluss und vertrieb damit die letzten schlechten Gedanken, die ich ihm gegenüber hatte. Wir gingen Eis essen beim Wasserhäuschen am Eingang des Parks. Wie immer stand der Schorsch-Karl herum und jammerte ein bisschen, bis Boris' Vater ihm ein Glas Apfelwein spendierte.

»Du verstehst mich. Als alter Hesse braucht man einfach sein Stöffsche.«

»Und? Hast du es schon fertig gelesen?«

Da war es wieder. Es war die ganze Zeit irgendwo zwischen Milz und Leber versteckt gewesen und kroch jetzt, als Perry Rhodan wieder Thema wurde, hervor und rumpelte in meinem Bauch: das schlechte Gewissen!

»Paul hat mir ja schon erzählt, wie es ausgeht«, sagte Boris leichthin.

»So, so«, machte sein Vater.

Ich erinnerte mich an den Tag, an dem Boris mir erzählt hatte, seine Eltern würden sich Sorgen machen, dass er nicht genug lesen würde. »Dauernd schenken sie mir dicke Bücher, die ich gar nicht halten kann.« Die Idee mit den Groschenromanen war von mir gekommen. Immer hängt eins vom anderen ab.

»War das nicht toll, wie der Halbcyno den Angriff des Molekülverformers zunächst abwehren kann, indem er seinen Körper immer weiter schrumpfen lässt?«

Zuerst verstand ich nicht, wovon Boris' Vater da redete. Dann, als ich es begriff, konnte ich gerade noch nicken.

»Ich hätte nicht gedacht, dass Tatcher a Hainu es schaffen würde, ihn wieder zum Leben zu erwecken.«

Wieder nickte ich schwach. Sprechen war unmöglich. Er hatte das Heft gelesen!

»Und dann der Selbstmord von diesem Molekülverformer … ach, wie heißt der denn noch mal …?«

Ich nahm sämtliche guten Worte für Boris' Vater zurück. Er wollte mich bloßstellen, das war klar. Mich düpieren, mich seinem Sohn vorführen, mich weinend meine Lüge eingestehen sehen. Er wollte, dass ich die Hosen herunterlasse, meine Niederlage zugebe, dass ich um Gnade flehe, seine Füße küsse, mir selbst den Dolch in den Bauch ramme, damit er zu seinem Sohn sagen könnte: »Siehst du, das passiert, wenn man ohne Not lügt!«

Ich tat ihm den Gefallen nicht.

»Muss doch ein anderes Heft gewesen sein«, murmelte ich und fühlte mich schlagartig wie befreit.

»Dann ist Perry Rhodan gar nicht tot?«, fragte Boris.

So war alles wieder gut. Wir gingen nach Hause, und mir war die Bedeutung einer Notlüge jetzt voll bewusst. Nachdem wir uns an der Straßenecke verabschiedet hatten, rannte ich zurück in den Park.

Frau Schellack war weg, aber der Schorsch-Karl saß nun auf der Bank und trank seinen Apfelwein. Ich wühlte den Abfallkorb durch. Eine Ausgabe der *Frankfurter Rundschau* holte ich als Erstes hervor und legte sie neben Schorsch-Karl auf die Bank. Er zeigte auf die Titelseite, auf der etwas von Atomwaffen und Sowjetunion stand.

»Das wird bös enden.«

Ich nickte.

»Ich habe dem Breschnew einen Brief geschrieben.«

»Und? Hat er geantwortet?«

Ich zuckte mit den Schultern. Frau Ludwig hatte unsere Briefe eingesammelt. Aber ob sie sie jemals verschickt hatte? Ich sollte sie fragen. Wer im Besitz von etwas ist, trägt auch die Verantwortung dafür. Dann fand ich das Heft und nahm es mit nach Hause.

*

Vater war da gewesen. Und schon wieder fort.

»WDSDN?* Er schläft jetzt im Friseursalon«, flüsterte mir meine Schwester zu, als ich nach Hause kam. Sie und Mutter hatten nach dem Einkaufen einen Zettel auf dem Küchentisch gefunden. Meine Schwester hielt ihn mir hin:

* »Weißt du schon das Neueste?«

»Rufe heute Abend an. Liebe. Vater.« Ich fühlte mich völlig überrumpelt, und die krakelige Handschrift brach mir das Herz. Auf meinem Bett lag ein neuer Nickipullover. Ich würde ihn nie anziehen. Dabei war er ganz hübsch.

Dem traurigen Tag folgte ein noch traurigerer Abend mit der belegten Stimme Vaters, mit der er uns durch den Telefonhörer eine gute Nacht wünschte und dabei eine witzige Bemerkung nach der anderen machte: »Pass auf, Paul, am Ende gewinnt die Sowjetische Besatzungszone noch, haha! Wär nicht das Schlechteste.«

Auch der missglückte Versuch von Mutter, Stimmung zu machen, indem sie mit uns »Mensch, ärgere dich nicht!« spielte, konnte nichts lindern. Die Unfähigkeit meiner Eltern, einander zu verzeihen, ließ meine Schwester und mich noch mehr verzweifeln. Sie wollten von uns Verständnis und Gnade für das, was gerade zwischen ihnen passierte, und übertrafen sich darin, nett zu uns zu sein. Aber diesmal ging es ausnahmsweise nicht um uns.

In diesem Augenblick kam mir Rotraud in den Sinn. Eine Freundin meiner Mutter, mit der sie manchmal nächtelang unterwegs war und erst frühmorgens, mit Kleister beschmiert, wieder nach Hause kam. Warum, hatte ich nie erfahren. Meine erste Begegnung mit Rotraud hatte die Welt verändert … zumindest erträglicher gemacht.

Rotraud

Ich spielte mit Boris auf der Straße Verstecken, als ich Rotraud kennenlernte. Ich war dran mit Zählen. Durch meine Finger sah ich, wie Boris unter ein Auto robbte. Ich zählte trotzdem bis zehn und rief laut: »Alles muss versteckt sein, hinter mir und vor mir …« Dabei machte ich die Augen auf … und blickte auf den größten Busen, den ich je gesehen hatte.

»… ich komme«, bluppste es aus mir noch heraus, und die Frau vor mir grinste mich an.

»Wie schön«, sagte sie mit der tiefsten Stimme, die ich je gehört hatte, und nahm mich bei der Hand. Rotraud hatte sich bereit erklärt, auf mich und meine Schwester aufzupassen. Unsere Eltern wollten ins Kino gehen: *Der Clou*, Mutter war ganz vernarrt in Paul Newman. Der Film dauerte 129 Minuten. Ich habe jede davon genossen.

Während Rotraud Nudeln mit Ketchup kochte und daraus das schmackhafteste Gericht zauberte, das ich jemals gegessen hatte, erfuhren wir alles über sie. Sie arbeitete als Elektrikerin bei einer Baufirma und war zugleich eine Emanze und eine Lesbe. In der Schule waren das Schimpfwörter, aber sie benutzte sie so, als wären es Auszeichnungen. Sie erzählte ohne Punkt und Komma. Meine Schwester und ich gingen fasziniert von Geschichten über Wohngemeinschaften, Sit-ins, Indien und was weiß ich noch alles ins Bett. Kaum war ich eingeschlafen, hatte ich meinen wiederkehrenden Alptraum, von dem ich schreiend aufwachte.

Ich gehe über eine Brücke. Die Brücke stürzt ein. Ich schreie. Ich paddle wie wild mit den Armen im Wasser, um nicht unterzugehen. Ich merke, dass der Bach gar nicht tief ist. Alle um mich herum lachen.

Rotraud kam ins Zimmer. In ihren Armen heulte ich ihr von dem Traum vor. Das Schlimmste aber war, sagte ich zu ihr, dass ich überhaupt keine Ahnung hatte, was er bedeuten sollte. Sie legte sich neben mich ins Bett. Während ich mich an sie und ihren großen Busen schmiegen durfte, kitzelten mich ihre schönen dunkelblonden Locken in der Nase. Sie erzählte mir von Max und Moritz, vom Lehrer Böck und von der Brücke, in die sie voller Tücke eine Lücke sägen. Sie war die beste Geschichtenerzählerin, der ich je zugehört hatte, und ich sollte für lange Zeit von diesem Traum befreit sein.

Boris erzählte mir am nächsten Tag, er habe noch ewig und drei Tage unter dem Auto gelegen. Dann sei es weggefahren. Ich nannte ihn einen Lügner und erzählte ihm von Rotrauds schönen Locken.

»Wieso bewertest du die Menschen eigentlich immer nach ihren Haaren und Frisuren?«

Ich war sprachlos. Hatte er recht? Hatte ich unbewusst so etwas wie die »eigennützige Übertragungstheorie« meiner Schwester entwickelt?

Ich setzte mich zu Hause hin und schrieb alle Frisuren von Leuten auf, die ich kannte – von unseren Nachbarn, Freunden und Verwandten. Anschließend bewertete ich die Menschen von gut bis schlecht in drei Kategorien: Intelligenz, Sympathie und Erfolg.

Ich hätte noch weitere Faktoren für die »Haar-Kriteriums-Theorie«, kurz »HKT«, aufsetzen können, aber nachdem ich allein schon diese drei ausgewertet hatte, fiel mir vor allem eins auf: Menschen mit langen dunkelblonden Locken schnitten immer am besten ab: Rotraud eben.

*

Rotraud war definitiv die Richtige, um diese Krisensituation zu meistern. Ich sah es schon vor mir: Vater mit seinem Kopf an der einen Schulter, Mutter mit ihrem an der anderen, und dann küssen sie sich vor dem großen Busen. Also sagte ich das zu Mutter. Doch sie schüttelte nur den Kopf.

»Paul, das geht nicht, sie war es doch, die mir geraten hat, deinen Vater vor die Wahl zu stellen.«

»Was für eine Wahl?«, fragte ich erstaunt.

»Ach ... das verstehst du noch nicht. Vergiss es einfach.«

Rotraud sollte Schuld an dem Streit haben? *Die* Rotraud, an deren weichen Körper ich mich hatte schmiegen dürfen? *Die* Rotraud, die meinen Alptraum vertrieben hatte? Wenn das stimmte, dann war sie der schlechteste Mensch, der mir je untergekommen war!

Und überhaupt: Was für eine Wahl? Das würde doch heißen: »entweder ... oder« – und das »oder« konnte nur eins bedeuten ... Das Telefon unterbrach meine Gedanken. Mutter hob ab. Ohne ein Wort zu sagen, gab sie mir den Hörer.

»Hörst du, Paul«, rief Vater begeistert, »wir haben verloren! Sparwasser! Ich fasse es nicht. Jetzt können wir es schaffen!«

Ich begriff nichts. Wir hatten doch verloren? Ich hörte, wie Vater zusammen mit anderen Männern herumgrölte, als wären sie verrückt geworden. Dann brach die Verbindung ab.

Ich ging zu Bett und blätterte lustlos in dem Perry-Rhodan-Heft. Kaum hatte ich das Licht ausgeschaltet, huschte meine Schwester ins Zimmer.

»Ich weiß, wie er wieder zurückkommt!«

»Au, das tut weh!«

Sie saß auf meinem Bett und rüttelte an mir.

»Wir müssen nur dafür sorgen, dass die Glühbirnen kaputtgehen, der Kühlschrank seinen Geist aufgibt ... oder

der Fernseher! Stell dir das mal vor ... und Vater ist sofort wieder da.«

Mutter war bei solchen Katastrophen überfordert, da hatte meine Schwester recht. Selbst in der Dunkelheit sah ich sie über das ganze Gesicht strahlen, aber ich zweifelte an der Durchführbarkeit. Die Probleme bei Erwachsenen zu lösen, ist komplizierter, als nur dafür zu sorgen, dass Glühbirnen ausgetauscht werden müssen – besonders, wenn es sich um eine Entweder-oder-Geschichte handelte.

»Keine Sorge, Paul, AWG*«, sagte meine Schwester, um meine Zweifel zu beseitigen. Manchmal waren es aber gerade ihre Abkürzungen, die mich verzweifeln ließen. Wenn ich meine Schwester nervte, sagte sie zum Beispiel: »MZEZ! – Mund zu, es zieht!« Beim ersten Mal hatte ich hin und her überlegt, es mit »Mutter zaubert einen Zwiebelkuchen« übersetzt und war zu ihrer Verblüffung tatsächlich in die Küche gegangen.

Nachdem sie mich allein gelassen hatte, war ich hellwach. Ich griff noch mal nach dem Perry-Rhodan-Heft in der Hoffnung, das Lesen würde mich einschläfern. Stattdessen las ich das Heft bis zum Ende durch. Ich fühlte mich nicht viel schlauer als zuvor, die Geschichte – es war ja immerhin Heft 668 – verlangte ein gutes Vorwissen. Aber von der Darstellung des Bösewichts, des Molekülverformers Poorch, war ich angetan. Er wollte die Materialisation des weißen Zwergsterns Kobold verhindern, der, so war der Plan von Perry Rhodan, zusammen mit irgendetwas namens Sol einen Sonnentransmitter bilden sollte, damit die Terraner im Notfall nach Archi-Tritrans fliehen können. Das war anscheinend wichtig, warum auch immer.

* »Alles wird gut.«

Poorch, der Molekülverformer, gehörte zu dem Volk der Gys-Voolbeerah, die in der Lage waren, jede beliebige Gestalt anzunehmen. Sie hatten sich schon so oft verwandelt, dass sie nicht mehr wussten, wie sie ursprünglich ausgesehen hatten. Um sich zu erkennen, sprachen sie die Losung »Alles Licht für Tba.« Tba war ihre Heimat.

Als ich las, dass Poorch als Agent und Saboteur eingesetzt wurde, tauchte in meinem müden Gehirn das Vorhaben meiner Schwester auf. Sie war ja auch eine Saboteurin. Vielleicht hatte sich Poorch in sie verwandelt? Ich lachte leise. Aber die Charaktereigenschaften passten zu gut! Auch den Gys-Voolbeerah sagt man eine erhebliche Verminderung von Kritik- und Einsichtsfähigkeit nach, gepaart mit einem übersteigerten Geltungsbedürfnis. Und das passte wie die Faust aufs Auge.

Obwohl das Ende mit Poorchs Selbstmord nicht zutreffen würde, so was würde meine Schwester niemals tun, änderte es nichts an meiner plötzlichen Eingebung: Meine Schwester – Poorch! – eine Gestaltwandlerin!! – eine Molekülverformerin!!!

Freitag, 18. Oktober 1974

Liebe Frau Ludwig,

mir ist gerade etwas Wichtiges eingefallen, was helfen könnte, um das, was Frau Schellack passiert ist, zu verstehen. Ob es wirklich so hätte enden müssen. Oder ob was ganz anderes dahintersteckt. Ich bin darauf gekommen, als ich nachgeprüft habe, ob ich die fünf Reizwörter schon verwendet habe. Also Fußball, Teppich, Katze, Buch und Waschmaschine, über Letztere werde ich noch schreiben.

Jedes Mal, wenn ich eins benutzt habe, hat sich etwas Neues ergeben, etwas Größeres, als es das Wort allein hätte beschreiben können. Wenn zum Beispiel diese Geschichte mit dem Flokati nicht gewesen wäre, hätten meine Eltern sich nicht gestritten. Ohne Fußball wären wir in den Urlaub gefahren. Und alle Wörter zusammen eröffnen eine neue Welt, produzieren neue Ereignisse, nichts ist mehr vorhersehbar!

Vielleicht ist es immer so im Leben: Mehrere Ereignisse, die nichts miteinander zu tun haben, können etwas Unkontrollierbares auslösen, vor allem wenn sie gleichzeitig und völlig überraschend passieren. So wie beim Tod von Frau Schellack. Verstehen Sie, was ich meine? Was halten Sie davon? Ich habe so etwas schon einmal erlebt, kurz nach meiner Einschulung.

Mein Vater hat mich damals zum Jazz-Frühschoppen mitgenommen. Ich hatte meine Mundharmonika dabei. Darauf spielen konnte ich eigentlich nicht. Aber wenn jemand, meist Boris, zu mir sagte: »Spiel! Spiel mir das Lied vom

Tod«, dann zog und blies ich und machte Charles Bronson alle Ehre.

An der Ecke, an der die Liebigstraße die Bockenheimer Landstraße kreuzt, stand ein Kellerfenster offen. Vater und ich mussten rennen, um über die Straße zu kommen. Und in der Eile stieß ich, kaum hatten wir sie überquert, mit einem Passanten zusammen. Die Mundharmonika fiel mir aus der Hand und verschwand, ohne dass ich etwas tun konnte, durch das geöffnete Kellerfenster.

Hätte das Fenster nicht offen gestanden, hätte ich die Mundharmonika einfach wieder aufheben können. Hätte ich sie gar nicht erst mitgenommen, wäre es egal gewesen, ob das Fenster offen gestanden hätte oder ob ich mit dem Passanten zusammengestoßen wäre. Wäre dieser Mann uns nicht entgegengekommen, sondern hätte er die Straßenbahn genommen, die ihm aber gerade vor der Nase weggefahren sei, und er habe es doch so eilig gehabt, um rechtzeitig zum Hauptbahnhof zu kommen … dann wäre ebenfalls nichts passiert. Der Mann war übrigens sehr nett. Er hielt Vater an den Füßen fest, als der bäuchlings vor dem Kellerfenster lag und das Musikinstrument zu erreichen versuchte.

Ein Ereignis passiert zufällig. Bei zwei Ereignissen reden viele von Schicksal. Drei Ereignisse aber, die nicht das Geringste miteinander zu tun haben, können eine Katastrophe auslösen. So wie bei der Mundharmonika. Die war weg. Für immer. Katastrophe.

Hätte, wäre, wenn, dann! Frau Schellack ist tot. Mit der Mundharmonikageschichte will ich das nicht verharmlosen. Aber vielleicht gibt es neben Zufall und Schicksal noch irgendetwas anderes, das erklären könnte, warum Frau Schellack sterben musste.

So, jetzt muss ich aber hoch. Ich bin schon fast zu spät. Am Freitag habe ich nämlich nur fünf Stunden.

Der Plan

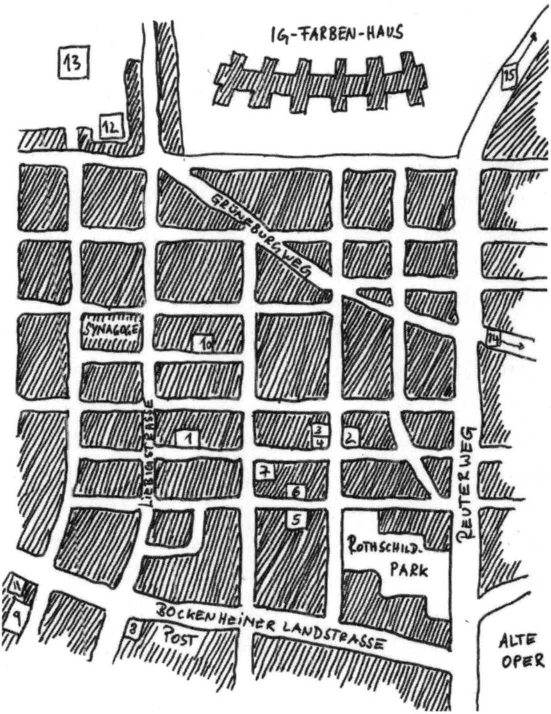

1 Unser Haus
2 Vaters Friseursalon
3 Schuhmacher Pröll
4 Sport-und-Freizeit-Kösel
5 Bäckerei Winter
6 Das Mäuerchen
7 Pizzeria Da Pino
8 Das offene Kellerfenster
9 Meine Schule
10 Altkönigstraße 10
11 Die Bank
12 Das Wasserhäuschen
13 Der Bolzplatz
14 Weg zur Berger Straße
15 Richtung Hauptfriedhof

Montag, 21. Oktober 1974

Liebe Frau Ludwig,

habe ich es Ihnen nicht gesagt? Heute wird meine Teilzeitflucht auffliegen. Heute werden sie es erfahren, dass ich nicht in die Schule gegangen bin. Gestern am Sonntag rief nämlich Boris' Mutter an. Ob ihr Sohn heute, am Montagnachmittag, nach der Schule vorbeikommen könne.

Boris fragt sonst nie, ob er kommen kann. Und schon gar nicht lässt er deswegen seine »Mum« anrufen. Ich stand neben dem Telefon, als Mutter »Ja, natürlich« sagte und mich danach sehr komisch anschaute.

»Bist du krank?«

Ich schüttelte den Kopf. Trotzdem befühlte sie meine Stirn.

»Und warum fragt sie, ob Boris seinem kranken Freund noch etwas mitbringen soll?«

Natürlich hatte ich mit so etwas Ähnlichem schon gerechnet. Ich hatte mir auch schon ein paar Antworten zurechtgelegt. Aber weil am Samstag etwas passiert ist, worüber ich den ganzen Sonntag nachgedacht habe, fiel mir erst mal gar nichts ein.

»Äh …«

»Paul …!«

Mutter ist sowieso bereits misstrauisch, weil sie die nassen, schmutzigen Klamotten gefunden hat. Und gestern hat sie gesagt, ich würde so komisch riechen. Nach Keller!

»Sie … hat mich verwechselt. Henning ist krank.«

Diese Antwort war besser als die anderen, die ich mir ausgedacht habe, und hat auch Mutter erst einmal beruhigt. Trotzdem: Sie wird mir nur bis heute helfen. Und deswegen bin ich jetzt ganz abgehauen. Vollzeitflucht. Ist auch besser so, nach dem, was am Samstag passiert ist. Ich muss Ihnen das erzählen, bevor es mit der Geschichte weitergeht, weil es … na ja … ich habe jetzt einen Mitwisser.

Also nicht richtig. Er weiß nicht alles. Eigentlich weiß er fast nichts, aber ob er selbst das für sich behalten kann? Dafür weiß ich jetzt, worunter ich leide: Scrupulus. Ein Fremdwort. Es heißt auch Schuldgefühl, aber als Fremdwort fühlt es sich besser an.

Bruder Kolja hat es mir gesagt. Sie erinnern sich, das ist der, der immer auf unserem Klavier spielt. Mit dem Geld, das er als Taxifahrer verdient, spart er auf einen Bauernhof in Italien, und – ABER DAS DÜRFEN SIE NIE VERRATEN! – er ist ein Terrorist – na ja, oder zumindest ein Sympathisant. Bruder Kolja hätte mir so etwas natürlich nicht selbst erzählt. Ich habe es von Mutter. Sie kennen sich aus dem Studium. Ungefähr vor zwei Jahren, als bei uns noch alles in Ordnung war, da hat sie zu Vater gesagt, dass Bruder Kolja auch ein Unterstützer geworden sei.

»Oje, oje«, hat Vater daraufhin gesagt, »RAF? Passt bloß auf!«

Und dann wurde die Tür zugemacht. Und ich saß da mit diesem Halbwissen und machte mir Sorgen. Ich weiß, was die RAF, die Rote Armee Fraktion tut: Anschläge, Entführungen, Banküberfälle. Ich habe keine Ahnung, was Mutter damit zu tun haben könnte. Wahrscheinlich nichts Schlimmes. Aber Bruder Kolja – so gerne ich ihn habe –, dem traue ich vieles zu.

Vorgestern, Samstag also, war der erste Vormittag, den ich nicht im Keller verbracht habe. An einem Tag ohne Schule hier unten zu sitzen, wäre ziemlich sinnlos gewesen. Ich fühlte ich mich wie der Graf von Monte Christo: frei!

Die Sonne schien, die Luft war rein, und ich latschte zum Bäcker. Dabei blickte ich mich ständig um; nicht, dass ich noch einem meiner Klassenkameraden begegnete, der alles auffliegen lassen würde. Ich kaufte mir zum Grübeln ein Eis. Balla.

Ich setzte mich auf das Mäuerchen beim Bäcker, meiner Meinung nach der richtige Ort, um über alles nachzudenken, denn hier hat die Geschichte ja irgendwie angefangen. Hier hat Frau Schellack ihre Handtasche verloren. Ich löffelte mein Eis und versuchte, mich zu konzentrieren, aber ständig schweiften meine Gedanken ab. Irgendwann habe ich es einfach zugelassen.

Gerne hätte ich mich in den letzten Wochen öfters so gefühlt: nichts verdrängen müssen, nicht nachdenken müssen, sondern einfach in den Tag hineinleben. Dann erreichte ich das Kaugummi unter dem Eis, eine feste Kugel mit harter Schale, gefüllt mit etwas, das sauer bitzelt und nach Kirsche schmecken soll. Wenn man diese Masse gut durchkaut, wird langsam so etwas wie ein Kaugummi daraus, trocken und zäh. Es schmeckt überhaupt nicht, aber trotzdem ist es besser als jedes andere Eis, besser noch als ein Brauner Bär.

Plötzlich quietschten Autoreifen.

»he, paul!«

Bruder Kolja saß in seinem Taxi und hatte das Fenster heruntergekurbelt. Musik dröhnte.

»na, alles paletti? lust auf 'ne kleine tour?« Aus dem Fenster heraus machte er von außen die hintere Tür auf. Ehe ich mich recht entscheiden konnte, fand ich mich auch schon auf der Rückbank wieder.

»ich muss 'ne hochzeitstorte nach schwanheim bringen. hochzeitstorte, ha!« Bruder Kolja lachte. »wer sich das wieder hat einfallen lassen!«

Er bog in den Reuterweg, wir fuhren an der Ruine der Oper vorbei, rasten die Mainzer Landstraße hinunter, links zum Bahnhof, danach über den Main. Ich saß hinten und genoss es. Und besonders die Musik war unglaublich.

»Wer ist das, der da singt?«

Ich musste gegen die Lautstärke anschreien.

»hör mal, kennste nicht? david bowie – *space oddity*, handelt von 'nem astronauten, major tom …«

Bruder Kolja hupte sich den Weg frei und erzählte weiter. Ich mochte das. Mutter hat mal erzählt, dass er so rede, wie die Revolutionäre schreiben: entweder alles klein oder alles groß geschrieben, denn kein Buchstabe und kein Wort sollte wichtiger sein als die anderen. (Sie hätten da ganz schön was zu tun, was, Frau Ludwig?)

»… und während major tom um seine raumfähre schwebt, verliert die bodenstation die kontrolle. aber tom kriegt das nicht mit, er sieht nur die erde, sie ist ganz blau, und er, er ist so klein. und hier, hör mal zu, wie sie nach ihm rufen: *can you hear me, major tom? can you hear me* …«

Ich war hin und weg. Woher hätte ich wissen können, dass es solche Musik gibt? Keiner aus meiner Familie hört so etwas – und wir, wir fuhren über den Main, und als ich die Augen schloss, konnte ich ihn sehen: Major Tom – ein weißer Punkt im großen, dunklen All und im Visier seines Helmes spiegelt sich die Erde … blau.

In Schwanheim stritt sich Bruder Kolja ungewöhnlich laut mit einem langhaarigen Mann, weil die Torte eine kleine Delle im Kofferraum bekommen hatte.

»kapitalisten«, schimpfte er, als wir weiterfuhren, »haben das größte haus in der straße und stellen sich so kleinlich an. als hätte was passieren können. blödsinn. so 'ne kleine delle. die sollten sich mal ein beispiel an deiner mutter nehmen, schmeißt den haushalt, geht arbeiten und hilft trotzdem mit. deine alte hat echt was drauf!«

Jetzt hätte ich die Gelegenheit nutzen können, um ihn darüber auszufragen. Ich hatte ja immer nur Andeutungen gehört, vor allem von Vater, wenn er sich über Mutters Engagement lustig gemacht hatte. Aber irgendwie hatte ich keine Lust, über meine Eltern zu reden, und über die Torte und was da drin sein könnte, schon gar nicht. Stattdessen wechselte ich das Thema.

»Was macht eigentlich dein Haus in Italien?«

»erinnere mich bloß nicht daran – idiot! pass doch auf! aus offenbach, na klar: OF = ohne führerschein … OHNE FÜHRERSCHEIN«, schrie er aus dem Fenster und gab Gas.

»wo waren wir stehengeblieben, ach ja – du suffkopp! aus dem weg! IST DEIN VATER GLASER, ODER WAS?! – ich hab's freunden erzählt, genossen, kumpels, jedem, der es hören wollte … und was passiert? der dani hat jetzt ein haus in italien, der klaus auch, obwohl der ja in berlin wohnt, und der f.k. hat eins, nur der liebe bruder kolja hat keins, weil der muss TAXI FAHREN, tag und nacht, und wenn er glaubt, wieder ein bisschen geld zur seite legen zu können, muss er auch noch auf eigene kosten kurierdienste machen für die gute sache! HOCHZEITSTORTE, SCHEISS DRAUF! und wie geht's dir? ist was passiert? du schaust heut' echt komisch aus.«

Eigentlich hatte er mich genau in die richtige Stimmung gebracht, um ihm von Frau Schellack, der Handtasche und so weiter zu erzählen. Aber das tat ich dann doch nicht.

»Was kann man gegen Schuldgefühle tun?«, fragte ich ihn stattdessen.

»hast du was angestellt?«

»Nein, aber ich habe etwas, was mir nicht gehört.«

»geld? das ist gut. man muss das establishment dort treffen, wo es ihm am meisten schmerzt. BEIM GELD!«

»Nein, kein Geld«, sagte ich. Warum war es nur so schwer, ihm mein Problem zu schildern?

»es geht immer ums geld«, sagte Bruder Kolja und bremste vor dem Mäuerchen neben dem Bäcker. Wir waren wieder zu Hause.

»da musst du kein scrupulus haben.«

»Scrupulus?«

»schuldgefühle. gewissensbisse. bedenken. scrupulus. so was halt. ist so'n fremdwort.«

Und dann warf er mir die Kassette zu, mit Major Tom darauf.

Wie ist Bruder Kolja nur auf so etwas gekommen? Scrupulus. Mit so einem unglaublichen Wort kann man ein ganzes Wochenende verbringen. Zumindest bis zu dem Anruf von Boris' Mutter. Danach war klar: Ich muss ganz abhauen. Erst die Geschichte zu Ende schreiben, dann kann ich wieder nach Hause gehen – und auch wieder in die Schule. Und so habe ich heute Morgen heimlich Lebensmittel in meinen Schulranzen gepackt – und meinen Kassettenrekorder, um David Bowie zu hören.

Ab jetzt werden sie mich suchen. Und Bruder Kolja wird meiner Mutter mit Sicherheit sagen, dass ich Geld gestohlen habe. Eine falsche Fährte. Gar nicht so schlecht.

Jugoslawien

Den ganzen Sonntag wartete ich darauf, dass meine Schwester etwas unternehmen würde. Aber es passierte nichts. Brav kämmten wir den Flokati und spielten mit ihrem Kater. Fast dachte ich, sie hätte den Plan aufgegeben, aber da war ihr seltsames Zwinkern. Und siehe da: Am nächsten Morgen setzte sie ihr Vorhaben in die Tat um.

Wir mussten in der dunklen Küche frühstücken. Mutter trank Setzkaffee, da die Kaffeemaschine nicht mehr ging. Der Briefträger klopfte, denn die Klingel war kaputt. Kaum hatte Mutter die Wohnung verlassen, um zur Arbeit zu gehen, entdeckte ich in der Hand meiner Schwester: einen Schraubenzieher! Ganz klar: Sie wollte die Schule schwänzen, um die Wohnung zu zerstören. Das passte. Jetzt musste ich handeln. Ich stellte mich ihr in den Weg.

»Alles Licht für …«, rief ich, hob die Faust und wartete, dass sie darauf antwortete.

»TVA«, sagte sie lässig und wollte mich zur Seite stoßen.

TVA? Hatte sie sich versprochen? Oder war sie doch keine Molekülverformerin? Dann ging mir ein Licht auf. Ich lachte.

»Ha! Raffiniert, Poorch!«

Ich zwinkerte ihr zu. Verschwörerisch. Wie ein Profi.

»Por-was?«

»Du willst mich prüfen. Ob ich auch ein Gys-Voolbeer-ah bin. Haha! Alles Licht für Tba!«

»Sag mal, hast du was an der Glocke?«

»Tba! Unsere Heimat! Alles Licht für Tba! Wir werden

die Terraner vernichten. Das Sonnenbaby zerstören, verstehst du?«

Ich konnte gar nicht genug Hände haben, um die Dimensionen zu verdeutlichen.

»Du Gurke! Du hast sie echt nicht mehr alle! Ich habe TVA gesagt: Taktische Versöhnungs-Armee! Die ganze Nacht habe ich wach gelegen und die Operation zur Versöhnung von Papa und Mama geplant. Und jetzt zur Seite!« Sie stieß mich weg.

»Wo willst du hin?«

»Badezimmer. Jetzt kommt die Waschmaschine dran.«

»Nein«, rief ich. Die »gute, alte Bauknecht« war das Heiligtum von Mutter. Außer ihr durfte nur Vater sie bedienen. Ich rannte meiner Schwester hinterher, aber zu spät, sie hatte die Badezimmertür bereits verschlossen. Ich hörte Metall, das auf Metall kratzte.

Das war Mord. Hatten nicht auch Gegenstände eine Seele, besonders jene mit Namen wie die »gute, alte Bauknecht«? Meist wollte sie nur durch langes Zureden von Mutter anspringen, und da die Automatik schon lang kaputt war, musste man jeden einzelnen Schritt, vom Waschen über das Pumpen bis zum Schleudern, selbst in Gang setzen. Trotzdem wusch sie seit Jahren unsere Wäsche sauber, und deswegen ließ Mutter ihr so einiges durchgehen.

Ich hockte vor der Tür, das Ohr am Holz, und lauschte der Zerstörungswut meiner Schwester. Sie rief »Autsch!« und »Mist!«, es gab einen Knall, und der Flur lag im Dunkeln. Ich hörte nichts mehr. In Panik rief ich ihren Namen, doch sie antwortete nicht. Ich fing beinahe an zu weinen. Selbstmord. Wie Poorch. Ich lief zum Telefon. Hoffentlich hatte sie das nicht auch schon zerstört.

»Ei, der Pauli, hast du heut' schulfrei, oder was?«, sagte Frau Schneider, die Sekretärin von Mutter an der Universität. »Willst du dei Mudder schpresche? Momentsche, isch hol sie.«

Ich wartete eine Ewigkeit und ärgerte mich derweil: Schon wieder hatte ich die Chance verpasst, ihr zu sagen, dass ich nicht Pauli hieß. Pauli klang grässlich. Nach Hund oder Papagei.

Hinter mir hörte ich ein Geräusch. Meine Schwester legte eine Hand auf die Telefongabel und unterbrach die Verbindung. Die andere Hand packte mich am Kragen. Ich hatte erwartet, dass ihre Haare in alle Richtungen abstehen würden wie in einem Comic. Ihre Haare waren aber wie immer glatt (was sie übrigens am meisten ärgerte), und nur das Funkeln in ihren Augen zeigte mir, dass sie einen Stromschlag abbekommen haben musste. Davor hatten uns unsere Eltern immer gewarnt! Davor und vor dem Trinken von Putzmitteln. Dagegen, so hatte ich mal gehört, half Milch. Und bestimmt war sie auch gut bei Stromschlägen.

»Verräter«, rief meine Schwester, als ich mich befreien konnte und zum Kühlschrank rannte. Die bunten Pril-Blumen, die ich auf die Tür geklebt hatte, waren trügerisch. Denn auch den hatte sie schon zerstört, er blieb dunkel, als ich ihn öffnete.

»Hier, trink«, sagte ich und hielt ihr den Milchbeutel entgegen. Sie schlug ihn mir aus der Hand. Auf dem Boden bildete sich eine große weiße Pfütze. Auch das noch!

»Du bist echt mies. Ich dachte, wir ziehen das zusammen durch«, sagte sie wütend.

»Alles hast du kaputtgemacht«, rief ich. Ich breitete die Arme aus.

»Quatsch, die Sicherung ist nur ausgefallen. Die Isolierung beim Schraubenzieher ist kaputt. Ich hab echt Glück gehabt.«

Das Telefon. Meine Schwester hob ab. Es war Mutter.

»Soll ich Papa holen?«, fragte meine Schwester, nachdem sie von den Katastrophen in unserer Wohnung berichtet und, ohne rot zu werden, behauptet hatte, ich sei daran schuld.

»Jeder von uns hat seine Aufgabe«, sagte sie, nachdem sie aufgelegt hatte, »ich mache es kaputt, und du bist es gewesen.«

Was sollte ich darauf sagen?

»Und? Kommt er?«

Meine Schwester schüttelte den Kopf.

»Onkel Rolf kommt.«

Onkel Rolf

Jeder begegnet in seiner Kindheit einem Menschen, der stellvertretend die böse Seite der Erwachsenenwelt verkörpert. Ich hätte gern auf Onkel Rolf verzichtet. Er war der Mann von Tante Helga, einer Kollegin meiner Mutter. Laut meiner »Haar-Kriteriums-Theorie« schnitt er in der Rubrik »Glatze mit unregelmäßigen Stoppeln« schlecht ab. Und niemand konnte mir erklären, warum ich ihn Onkel nennen musste. Aber er war einer der ersten Besitzer des neuen Autos von Volkswagen, das er bei einem Gewinnspiel der neuen Marke für den besten Spruch gewonnen hatte: »Rolf fährt Golf.«

Als das Fernsehen farbig wurde, hatte Onkel Rolf seinen eigentlichen Beruf als Klempner aufgegeben. Am Tag der Eröffnung seines neuen Geschäfts enthüllte er mit großem

Spektakel den Schriftzug, den er in bunten Neonröhren über dem Schaufenster hatte anbringen lassen: *Gern-Seh-Geräte Rolf Neun*, kurz *GSG-9*.

Vor ein paar Wochen stand sein giftgrüner Golf, auf den er diese Abkürzung auf die Motorhaube hatte malen lassen, vor unserem Haus. Onkel Rolf und Tante Helga luden uns zum Picknick ein. »Ein wunderbares Plätzchen am Main«, versprachen sie uns. Wir Kinder durften mit dem Wagen mitfahren, was für ein Ereignis! Vater und Mutter hatten nämlich noch nicht einmal einen Führerschein. Sie wollten mit den Fahrrädern hinterherkommen. Das Auto war nagelneu, stank jedoch bereits fürchterlich nach dem Qualm der Zigaretten, von denen Onkel Rolf eine nach der anderen rauchte.

»Wer wird denn gleich in die Luft gehen«, sagte er bei jeder neuen Zigarette, die er sich anzündete. Mir wurde übel, und ein Blick auf meine Schwester verriet mir, dass es ihr nicht anders ging.

Das »wunderbare Plätzchen« war eine Halbinsel, auf der sich an jenem Tag ganz Frankfurt eingefunden hatte und grillte. Früher konnte man hier angeblich schwimmen, doch inzwischen war der Main zu schmutzig. Man nannte es deshalb »Luftbad«. Direkt am Ufer »entdeckte« Onkel Rolf eine freie Stelle, nachdem er zwei türkische Familien dazu aufgefordert hatte zusammenzurücken.

»So ist er halt«, entschuldigte sich Tante Helga bei den beiden wütenden Männern und ihren Familien, während sie die schweren Taschen trug.

»Und du legst die Bierchen ins Wasser, Paulchen«, sagte er und drückte mir eine Tüte mit Binding-Bier-Flaschen in die Hand, »ich hab nämlich Bindinghautentzündung.«

Begleitet von dem Lachen über seinen eigenen schlechten Witz kroch ich vorsichtig die Böschung hinunter, legte die Tüte in den trüben Fluss und beschwerte sie mit einem Stein. Unterdessen hatte Onkel Rolf sein T-Shirt ausgezogen. Ich hörte die Türken von weitem lachen.

»Mein Bauch gehört mir«, rief er ihnen zu. Es klatschte, als er mit der Hand auf den wabbeligen Wanst schlug. Meine Schwester und ich staunten über das tiefe Loch in seinem mächtigen Bauch. Tante Helga trug keuchend zwei Tüten Grillkohle, die sie aus dem Auto geholt hatte.

»Da passt ein ganzer Finger rein«, sagte Onkel Rolf und nahm meinen Zeigefinger, um ihn in seinen Bauchnabel zu stecken. Als der tatsächlich ganz darin verschwunden war, pupste Onkel Rolf, lachte und schlug mir auf die Schulter.

»Also, Rolf«, tadelte Tante Helga, die damit beschäftigt war, den Grill aufzubauen. Normalerweise sahen ihre Haare aus wie Kükenfedern. Doch so schwitzend wie jetzt, konnte man meinen, das Küken wäre noch nicht einmal geschlüpft.

Der Rauch, den Onkel Rolf mit dem von Tante Helga vorbereiteten Grill produzierte, war so dicht, dass das Wort »Luftbad« seine Berechtigung verlor. Während wir unser erstes Würstchen aßen, kamen endlich unsere Eltern. Es war ein heißer Tag. Ich berichtete Vater von dem tiefen Bauchnabel. Den Pups erwähnte ich nicht. Den ahmten die türkischen Kinder nach, wobei Vater sie ratlos anschaute. Als ich mich wieder auf die Picknickdecke setzte, von der Tante Helga schnell noch ein paar Grashalme wedelte, hatte Onkel Rolf rote Soße über mein Würstchen gegossen.

»Ketchup«, sagte er.

Ich biss in die Wurst. Die brennende Soße stieg mir in den Kopf.

»Haha, asbachuralt, der Witz. Da war Chili drin«, lachte

Onkel Rolf, »musst mich halt schon ausreden lassen!« Mir tränten die Augen.

»Nix für ungut«, sagte Onkel Rolf und kniff mir in die Wange, »ein bisschen Schmerz schadet keinem!«

»Also, Rolf«, tadelte Tante Helga und verteilte den Obstsalat.

»Hol mal für mich und deinen Papa zwei Bierchen«, sagte Onkel Rolf nach einer Weile zu mir. Ich schaute verblüfft zu Tante Helga, doch die war damit beschäftigt, die Plastikteller einzusammeln. Sie lächelte mir tapfer zu, und ich kroch die Böschung hinunter. Die Strömung hatte die Tüte etwas abgetrieben.

»Ich komm nicht ran!«

Einer der türkischen Männer war schon aufgesprungen, doch es war Onkel Rolf, der mir als Erster zu Hilfe kam. Die Zigarette im Mundwinkel, hielt er mich an einer Hand fest, während ich mit der anderen versuchte, die Tüte zu erreichen. Als ich sie gerade erwischt hatte, ließ er mich los.

»Hoppla!«

Ich planschte ein bisschen hilflos im Main und ließ mich dann untergehen. Schwimmen war mir ein Greuel, aber tauchen konnte ich wie kein anderer.

»Scheiße!« Sogar unter Wasser hörte ich Onkel Rolf rufen, und auch die Antwort von Tante Helga glaubte ich zu verstehen. Ich sah verschwommen, wie er die Kippe wegwarf und mir hinterhersprang. Dabei wurde er von der Strömung erfasst und einige Hundert Meter weiter von Vater und den türkischen Männern aus dem Wasser gefischt. Ich tauchte wieder auf und kam mit zwei Flaschen Bier ans Ufer.

*

Onkel Rolf sollte also kommen. Als er am Abend an die Tür klopfte, versteckte ich mich im Wohnzimmer. Das war nicht weiter schwer, schließlich war es in der Wohnung bis auf ein paar verteilte Teelichter stockdunkel. Meine Schwester hatte wirklich ganze Arbeit geleistet, auch wenn wir nachmittags noch versucht hatten, den Schaden zu beheben. Wir hatten am Sicherheitskasten stehend »Alles Licht für TVA« gerufen und dabei die Tasten ein- und ausgeschaltet. Es hat nicht geholfen.

»Hallöchen«, sang Onkel Rolf mit seiner tiefen Stimme, als Mutter ihm die Tür öffnete. Er verkleinerte gerne Substantive. Dadurch wirkte er noch größer. Wenn man nicht aufpasste, könnte man ihn sogar für harmlos halten. Zum Glück war ich gewarnt.

Durch die Wohnzimmertür erspähte ich sie. Das Licht aus dem Treppenhaus formte aus Onkel Rolfs Körper eine riesige schwarze Silhouette, die die zarte Gestalt meiner Mutter völlig einnahm. Ich hörte den üblichen Begrüßungskuss und dann ein ärgerliches »Lass das!« von meiner Mutter.

»Komm schon, Schätzchen, Belohnung«, schnaufte er, und nachdem sein nach kaltem Rauch stinkender Geruch durch den Flur gewabert war und schließlich meine Nase erreicht hatte, brannten bei *mir* die Sicherungen durch. Mit Gebrüll peste ich zu den beiden hin, drückte Onkel Rolf zurück ins Treppenhaus, schmiss die Tür zu und schrie meine Mutter an.

Wahrscheinlich habe ich ziemlich schräges Zeug gebrüllt. Meine Mutter schaute mich nur kurz irritiert an und begann zu lachen.

»Aber, Paul, das ist doch nur Onkel Rolf!«

»Nur Onkel Rolf«: Sie hat es echt nicht kapiert. Denn »Nur«-Onkel Rolf stand draußen und klopfte schon wieder an die Tür. Sie ließ ihn rein, und er schlug mir auf die Schulter.

»Gut gemacht, Jungchen. Haus und Hof verteidigt, was? Also, who is the problem?«

»Nur Onkel Rolf« gab Mutter einen Klaps auf den Hintern, und sie lachte darüber – allerdings ein wenig zeitversetzt, wie mir schien. Es passierte gerade etwas, das ich nicht begriff. Während Onkel Rolf die Lage erkundete, riss er einen Witz nach dem anderen, die meine Mutter – genau wie Tante Helga! – mit »Also, Rolf!« kommentierte, unnatürlich lachte und sich dabei nervös durch ihre Haare fuhr. Was war hier nur los?

»Komm, mach Ballett, Schätzchen«, sagte er zu der Waschmaschine. Meine Schwester hatte mir erzählt, dass sie den Stecker herausgezogen hatte, nachdem sie mit dem kaputten Schraubenzieher den Kurzschluss verursacht hatte. Das mit dem Stecker bemerkte Onkel Rolf nach einer Weile ebenfalls. Aber auch nachdem er den Stecker wieder eingesteckt hatte, passierte nichts. Stecker rein, Stecker raus – natürlich machte er auch daraus einen Witz.

»Wo ist er denn, wo ist er denn?«

Als wäre das lustig, suchte Onkel Rolf den Sicherungskasten, auf Zehenspitzen tippelnd, die Hände angehoben wie beim Ententanz. Mutter führte ihn in den Flur, und dann nahm er sich die Sicherungen vor. Er schraubte den Plastikschutz ab.

»Schau mal einer an …«

Ein ziemlich dickes Kabel hatte sich gelöst, und Onkel Rolf setzte den kaputten Schraubenzieher an.

»Ob da Strom drauf ist?«

Vom Friseursalon aus rief Vater Rotraud an und ging mit ihr zu uns nach Hause. Wir anderen waren fort. Onkel

Rolf wollte nicht allein mit dem Rettungswagen in die Notaufnahme gebracht werden, und Mutter wollte meine Schwester und mich aus irgendeinem Grund nicht ohne Aufsicht zu Hause lassen.

Ich könnte jetzt gemein sein und Onkel Rolf bleibende Schäden durch den Stromschlag andichten. Doch bis auf seinen mächtigen Bauch war er ein kerngesunder Mensch, wie der Arzt feststellte, und Tante Helga würde sicherlich den Rest des Lebens viel Spaß an ihm haben. Als wir später um die letzte Straßenecke bogen, strahlten uns die Lichter aus unserer Wohnung entgegen.

»Schönen Gruß von Rotraud«, sagte Vater. Er saß am Küchentisch und schmökerte in *Zettels Traum*. Das Buch hatte er wieder mitgebracht, und er benahm sich so, als wäre nie etwas gewesen. Auch Mutter tat, als wäre alles total normal.

Am nächsten Morgen galt mein erster Blick dem Bett im Gästezimmer, das ganz zerwühlt war. Aber er war über Nacht geblieben. Immerhin! Mein zweiter Blick galt dem Buch, das noch auf dem Tisch im Wohnzimmer lag. Meinen dritten Blick richtete ich auf meinen Vater, der in der Küche im Pyjama sitzend den Sportteil aufgeschlagen hatte und sein halbes Brötchen aß. Mutter saß neben ihm und las den Rest der Zeitung. Meine Schwester musste ich nicht anschauen. Ich wusste auch so, dass sie über das ganze Gesicht strahlte.

»Du-hu?«, fragte ich Vater.

»Wa-has?«, fragte er.

»Wie geht das, wenn man, ohne jemanden anzuschauen, weiß, was für ein Gesicht sie macht?«

»Meinst du deine Schwester?«

Ich nickte.

»Normalerweise würde ich sagen: Das ist dein Siebter Sinn, den hast du. Niemand kann so richtig begründen, warum es ihn gibt.«

»Normalerweise?«

»Na ja, du kennst doch deine Schwester. Bei ihr brauchst du keine weiteren Sinnesorgane. Du zählst einfach eins und eins zusammen, dann passt es schon.«

Vater hatte ihr noch nicht verziehen, dass sie die Wohnung lahmgelegt hatte. Für mich aber war meine Schwester eine Heldin. Sie hatte es geschafft, dass er wieder da war, auch wenn er noch nicht ins Schlafzimmer durfte.

»Das gibt's nicht«, rief Mutter plötzlich, »Sonny und Cher. Sie haben sich scheiden lassen.«

Sie hielt Vater die Zeitung hin.

»... seelische Grausamkeit ...«, las er vor.

»Fast wie bei uns«, sagte Mutter und sah ihn herausfordernd an. Vater schien fast zu platzen. Dann stand er auf.

»Ich gehe ein bisschen lesen.«

Daraufhin wäre Mutter fast geplatzt, doch sie riss sich zusammen und sah ihm nur still hinterher. Warum war er eigentlich noch im Schlafanzug? Ich ging in mein Zimmer, und während ich mich anzog, fiel es mir ein: Vater und Mutter hatten ja jetzt Urlaub, weil die deutsche Mannschaft weitergekommen war. Jugoslawien sollte am nächsten Tag der Gegner sein. Aber anstatt sich einfach darauf zu freuen, wieder diese Anspielungen.

Ich glaubte längst nicht mehr daran, dass es der Fußball und die Weltmeisterschaft waren, über die sie sich gestritten hatten, schließlich hatte Mutter sich ja auch extra freigenommen. Vielleicht war es ja doch diese andere Frau ...

Aber nein, aber ja. Diese Wilma! Stammte die nicht aus dem Buch? Die existierte gar nicht. Genau! Dass ein Groschen manchmal so lange braucht, um zu fallen: das Buch!

Je länger ich darüber nachdachte, umso sicherer war ich mir: Etwas sehr Wichtiges oder Geheimes musste in dem Buch stehen. Und auch Mutter hätte lieber in dem Buch gelesen, statt Teppiche zu reinigen. Auch sie hätte lieber mehr über die wahren Wunder des Lebens erfahren, statt davon nur in den Liedern von Simon & Garfunkel zu hören. Deswegen war sie immer so wütend gewesen, wenn Vater seine Weisheiten von sich gegeben hatte. Was da wohl drinstand? Welche Weisheiten waren auf den Seiten und zwischen den Zeilen zu finden? Diese Fragen ließen mich den Tag über nicht mehr los.

Gegen Abend, als ich sah, wie Vater sich wieder über das Buch beugte und ich ihn lachen hörte, nahm ich mir endgültig vor, dieses Geheimnis zu lüften. Ich würde das Buch lesen. Und dann würde alles wieder normal werden. Und wir könnten vielleicht doch an die Nordsee fahren.

Nach der WM. So leicht gab ich nicht auf!

Dienstag, 22. Oktober 1974

Hallo, Frau Ludwig,

ich bin es. Na ja, das können Sie sich ja denken. Wer sonst sollte hier reinschreiben?

Die Nacht – meine erste Nacht hier im Keller – war furchtbar. Zuerst habe ich gar nicht gewusst, wann sie überhaupt begonnen hat. Ich habe keine Uhr dabei. Also habe ich das Licht ausgemacht, um zu schauen, ob irgendwo Tageslicht einfällt. Pustekuchen. Vielleicht war es aber auch schon Nacht.

An der Heizungsanlage entdeckte ich schließlich eine Uhr, die zumindest die Stunden anzeigt. Elf. Längst Zeit zum Schlafen. Aber wissen Sie, Frau Ludwig, ich bin wirklich kein Profi in Sachen Weglaufen. Ich habe nicht nur die Uhr vergessen, ich habe auch nicht an eine Decke gedacht oder an etwas zum Drauflegen.

Im anderen Teil des Kellers brach ich mehrere Verschläge auf und fand eine Luftmatratze und einen Schlafsack. Ich machte mir ein Bett und überlegte, ob ich den Heizungskeller abschließen sollte. Aber wer soll schon mitten in der Nacht hierherkommen? Ich ließ also den Schlüssel außen an der Tür stecken, das war am unauffälligsten – falls doch irgendjemand zufällig in den Keller kommen würde.

Ich habe schlecht geschlafen. Ich mache mir Sorgen. Um meine Mutter. Ob sie mich bereits sucht? Natürlich. Ich bin ja schon eine Nacht weg. Sie würde nicht einfach nur weinen, wie Mutter Klein um ihr Hänschen. Bestimmt hat sie bereits überall Alarm geschlagen und sich auch schon bei Ihnen gemeldet. Ich mag gar nicht daran denken! Obwohl, als ich zum ersten Mal weggelaufen bin, sind meine Eltern sehr ruhig geblieben. Nicht mal geschimpft haben sie.

Ich war damals fast vier Jahre alt. Mutter half beim Schweineschlachten. Vater fotografierte Gänseblümchen und Kuhfladen. Meine Schwester hatte in der Scheune eine junge Katzenmutter entdeckt, von deren Wurf sie sich das kleine Schwarze aussuchen durfte – unser Kater, der damals noch unschuldig schielte. Ich saß auf dem Traktor und sabberte mir – Motorengeräusche nachahmend – die Lippen schaumig. Es war rundum idyllisch in unseren Ferien auf dem Bauernhof.

Doch eines Morgens wurde der Traktor gebraucht, um das Heu einzuholen. Nach meinem üblichen Besuch bei den Kühen war der Platz in der Scheune, auf dem der Traktor immer stand, leer. Alle Tränen halfen nichts, der Bauer weigerte sich, den Traktor zurückzuholen, schließlich müsse man ja arbeiten. Sie boten mir sogar an, auf dem Beifahrerplatz zu sitzen, während das Heu gemäht wurde. Selbst das wollte ich nicht. Der Traktor sollte in der Scheune stehen! Meine Schwester gab mir tröstend ihr kleines Kätzchen. Ich warf es weg und wäre fast schon damals zum Mörder geworden. Sie ließen mich entnervt in Ruhe.

Ich besaß ein rot-weiß kariertes Taschentuch und einen Spazierstock mit kleinen Blechschildchen, auf denen die Namen der umliegenden Dörfer standen. In das Tuch wickelte ich meine Habseligkeiten und knotete es an den Stock. »Hänschen klein« war damals noch mein Lieblingslied. So ging ich in den Wald. Wie konnte ich nur auf so etwas reinfallen!

Denn leider hatte ich mir nicht überlegt, wohin ich überhaupt wollte. Meine gute Laune schwand umso schneller, je dichter der Wald wurde. An einer Kreuzung entdeckte ich eine steinerne Madonna, kaum größer als ich. Sie hielt ihr Kind an sich gedrückt und schaute mich mit traurigen Augen an.

Ich streichelte ihre Wange und fühlte mich sicherer. Moos hatte sich an ihren Beinen ausgebreitet. Ich holte das hölzerne Messer, das der Bauer für mich geschnitzt hatte, aus meinem Päckchen und schabte das Grünzeug ab. Immer wieder streichelte ich dabei ihre Wange und murmelte irgendwelche Laute, so wie der Mann, den ich ein paar Tage zuvor in der Kirche im Dorf beobachtet hatte, als der sich mit den flachen Händen immer gegen die Brust geschlagen hatte.

Hinter der Madonna entdeckte ich noch mehr Moos, ein richtiges Moosfeld, und darauf baute ich mir ein Bett. Im Wald fand ich Heidelbeeren. Mein Abendbrot. Dann fiel mir ein, dass ich ja Eltern hatte und eine Schwester und dass wir Ferien auf dem Bauernhof machten, wo ich in einem weichen, warmen Bett schlief, und der Traktor war bestimmt auch wieder da. Sehnsucht packte mich. Doch je mehr ich versuchte, mich an den richtigen der vier Wege an der Kreuzung zu erinnern, umso ratloser wurde ich.

Es wurde Nacht. Von einem auf den anderen Moment verwandelte sich dieser schöne, warme und friedliche Wald in eine düstere, kalte Wildnis mit unbekannten Gespenstergeräuschen und heulenden Geistern. Ich vergrub mich in mein Bett aus Moos, legte mir das Taschentuch über das Gesicht, damit mich niemand sähe, und weinte – leise, damit mich niemand hörte.

Der Jäger, ein Bruder unseres Bauern, fand mich am frühen Morgen. Er lüftete das Taschentuch und blickte in mein vom Weinen verquollenes Gesicht. Er hatte ein Reh auf seinen Rücken gebunden. Ich durfte mich am linken Horn festhalten, als wir nach Hause gingen.

Nachdem das Reh zerlegt war, konnte ich das Horn als Belohnung für meine Tapferkeit behalten. Später tauschte ich es gegen ein Schwert, doch das ist eine andere Geschichte.

Irgendeine Art von Belohnung darf ich dieses Mal nicht erwarten. Ich glaube nicht, dass meine Mutter die Entscheidung wegzulaufen überhaupt verstehen würde. Ich würde ihr ja gerne sagen, dass ich wiederkomme. Vielleicht sollte ich ihr einen Brief schreiben?

So, ich habe ihn gerade eingeschmissen: »Liebe Eltern, macht euch keine Sorgen. Ich komme bald wieder. Liebe Grüße, Paul.«

Schlau, was? Ich habe einfach Eltern geschrieben. Vielleicht hilft es ja. Aber trotzdem: Es ist ein komisches Gefühl, wenn man bedenkt, dass ich höchstens zehn Meter Luftlinie von zu Hause entfernt bin. Vielleicht ist das doch nicht so gut, das mit dem Brief? Wenn sie ihn lesen, dann wissen sie, dass ich in der Nähe bin. Und nicht etwa weit weg oder im Himmel bei Frau Schellack. Und ihrem ersten Mann.

Ja, Frau Schellack war nämlich schon einmal verheiratet. Nachdem ihr jetziger Mann geflüchtet war, hing im Flur ihrer Wohnung auf einmal ein Bild von ihr und einem Herrn, den ich noch nie gesehen hatte.

»Die große Liebe«, hat sie gesagt, als ich sie eines Morgens nach dem Schleppen der Einkaufstüten danach gefragt habe. Es war eine ältere Fotografie, und auch der

Mann darauf sah nicht gerade jung aus, im Gegensatz zu Frau Schellack. Doch während sie die Fotografie anschaute, wirkte sie viel jünger, als sie war. Fast so jung wie auf dem Foto.

»Er war um einiges älter als ich. Ach, wie die Zeit vergeht. Früher war ich jünger als er. Aber jetzt bin ich die Ältere.«

Ich habe sie verständnislos angesehen.

»Das müssen Sie mir erklären.«

»... erklären. Ja. Als ich ihn das letzte Mal gesehen habe, war er etwa fünfzig und ich gerade einmal zwanzig. Das war vor vierzig Jahren. Er war ja so naiv, trotz seines Alters. Er wollte heldenhaft sein. Er dachte, er könnte einige SS-Soldaten daran hindern, einen alten jüdischen Mann zu verprügeln. Sie haben ihn einfach mitgenommen. Ich habe ihn nie mehr wiedergesehen. Aber in meiner Erinnerung wird er immer so aussehen wie an jenem Tag, als er weggegangen ist, um sich Zigaretten zu kaufen. Er wird immer fünfzig bleiben! Auch wenn ich irgendwann siebzig bin.«

Sie hat recht. Auch für mich wird Frau Schellack mein Leben lang so aussehen, wie ich sie gekannt habe. Selbst wenn ich alt bin. Ach, ich wünschte, ich hätte nie ihre Leiche gesehen!

Schweden

In den nächsten Tagen hatte ich keine Chance, an das Buch heranzukommen, Vater hat es völlig in Beschlag genommen. Obwohl wir Jugoslawien mit 2:0 besiegt hatten, wollte er nun die Weltmeisterschaft boykottieren, weil Jürgen Grabowski nicht hatte spielen dürfen. Vater war regelrecht vernarrt in Grabowski. Angeblich hatte er ihm schon die Haare geschnitten, als der »Jürgen« noch ein Kind gewesen war.

»Die Frankfurter Flügelzange ohne Not zerstört. Der Schön kann mir gestohlen bleiben. Und die ganze WM auch!«

Dabei lag es an der Niederlage gegen die DDR, dass Grabowski auf der Ersatzbank hatte sitzen müssen. Alle Zeitungen hatten ausführlich über den Malente-Aufstand berichtet. So hieß der Ort, an dem das Trainingslager war, und dort hatte der Beckenbauer auf den Putz gehauen. Und weil Grabowski schlecht gespielt haben soll, wurde er zum Sündenbock ernannt. Das hatte Beckenbauer gesagt, und alle hatten gemacht, was er wollte, als wäre er ein König oder ein Kaiser.

Vater und Mutter hatten das Spiel gegen Jugoslawien gemeinsam geschaut. Alle fünf Minuten hatte ich Vater rufen hören: »Den Grabowski geopfert! Ich fass es nicht!« Irgendwann war Mutter genervt aus dem Wohnzimmer gekommen und hatte sich zu mir in die Küche gesetzt, wo ich zu lesen versucht hatte. Tatsächlich hatte ich aber nur daran gedacht, wie ich an das eigentliche Buch kommen könnte. An *Zettels Traum*. Schweigend hatten wir nebeneinander gesessen, bis auch Vater sich zu uns gesellte.

»Ich guck mir das nicht mehr an!«

Aber wir hatten ihm kein Wort geglaubt. Und so hoffte ich auf das kommende Wochenende und das Spiel gegen Schweden. Dann würde ihn der Fußball wieder packen, und er hätte *Zettels Traum* vergessen.

Am Freitag gab ich Boris das Perry-Rhodan-Heft zurück. Ich traf ihn vor der Schule. Wir klatschten uns wie gewöhnlich ab, was immer etwas komisch aussah.

»Du hast es gerettet? Danke! Und? Wie ist es?«

Ich zuckte mit den Schultern.

»Ich habe es nicht gelesen.«

Seltsam, zuerst hatte ich gelogen, dass ich es gelesen hätte, und nun log ich, dass ich es nicht gelesen hätte. Was war nur mit mir los?

In der Deutschstunde verkündete Frau Ludwig, dass wir in den bevorstehenden Sommerferien ein Buch lesen und die Geschichte aus dem Buch nacherzählen sollten.

»Ihr dürft euch auch aussuchen, welches Buch ihr lesen wollt.«

»Ich hab schon eins!« Boris hielt das Perry-Rhodan-Heft in die Höhe. Ich ärgerte mich ein wenig, dass nicht ich darauf gekommen war. Immerhin hatte ich es schon gelesen, aber das konnte ich ja jetzt nicht mehr zugeben.

Henning-Johann-und-so-weiter meldete sich.

»Ja, Henning?«

»Ich weiß nicht, wie ich das machen soll, Frau Ludwig.«

»Henning, gerade du solltest das doch können!«

»Das ist nicht das Problem. Aber ich lese gerade unser Lexikon durch. Band 9: ›His – Kaki‹ habe ich schon fertig gelesen. Wie soll ich aber darüber schreiben?«

Wir waren alle sprachlos, ob aus Mitleid, Erschütterung oder Bewunderung, das war, glaube ich, keinem von uns klar.

»Dann lies doch ein anderes Buch«, schlug Boris vor.

Henning-Johann-und-so-weiter schüttelte den Kopf.

»Wir haben keine anderen Bücher.«

»Nun«, sagte Frau Ludwig, »dann wirst du wohl über das Lexikon schreiben müssen. Ich bin sehr neugierig, denn in einem Lexikon steht sehr viel drin. Danke, Henning.«

Ich sah ihn lächeln, und dann meldete ich mich.

»Und ich werde *Zettels Traum* lesen, ein Buch von Arno Schmidt. 1334 große Seiten.«

Ein Raunen ging durch die Klasse.

»Nein«, rief Henning-Johann-und-so-weiter. Darauf folgte ein zweites Raunen.

»Was hast du dagegen?«, fragte Frau Ludwig.

»Weil ich doch … also das Lexikon … nicht schon wieder der Paul …«

Ich hatte keine Ahnung, was er meinte. Aber das war mir auch egal. Ich würde *Zettels Traum* lesen. Das war jetzt klar wie Kloßbrühe. Ich genoss die anerkennenden Blicke der anderen, als wir in die Pause gingen, und zugleich hatte ich ein wenig Angst. Nun gab es keinen Weg mehr zurück. Auf der Treppe wurde ich plötzlich gestoßen. Ich konnte mich gerade noch an Boris festhalten. Als ich mich umdrehte, sah ich, wie jemand wegrannte …

… und genau dieser Jemand rannte am nächsten Tag auf mich zu und foulte mich mit einer regelrechten Blutgrätsche. Ich fiel der Länge nach hin und biss ins Gras. Herr Kösel pfiff und zeigte Henning-Johann-und-so-weiter die rote Karte. Es war das erste Spiel der »74er Schlappekicker«, und unsere Gegner aus Rödelheim – alle ein Jahr älter als wir und unglaublich lässig – wunderten sich darüber, dass wir eher gegeneinander als miteinander spielten.

»Was machst du da«, schrie Schuhmacher-Pröll, »du kannst doch nicht Henning vom Platz stellen. Das war doch kein Gegner, den er …«

Vater schubste ihn.

»Dein Sohn hat meinen Sohn gefoult, du Arsch!«

Schuhmacher-Pröll schubste zurück.

»Tut's sehr weh?«

Boris war während der Spielunterbrechung aus dem Tor gekommen. Er hatte schon einige prima Paraden gezeigt und uns vor einem Rückstand bewahrt. Ich schüttelte verstohlen den Kopf. Ich machte es wie Mutter damals, als ihr der Gummibaum auf den Kopf gefallen war. Ein wenig zu übertreiben, fand ich in Ordnung.

Mittlerweile hatten sich alle Väter, auch die Rödelheimer, in die Diskussion eingeschaltet. Aus dem lautstarken Streit hörte ich manchmal Vaters Stimme heraus.

»Mein Sohn! Blutgrätsche! Das war dunkelrot!«

Sie stimmten ab und entschieden mehrheitlich, dass Henning-Johann-und-so-weiter, der mich immer noch hasserfüllt ansah, keine rote Karte bekommen sollte. Ich humpelte vom Platz. Vater kam mir entgegen. Er war wütend, und auch Doktor Wolff, der sich uns anschloss, schüttelte nur den Kopf. Dann zeigte Vater den anderen den Stinkefinger. Das hatte ich noch nie bei ihm gesehen. Unglaublich!

»Der ganze Fußball kann mir gestohlen bleiben. Für immer! Lasst uns was trinken gehen!«

*

»Wasserhäuschen«, nannte man die Kioske, an denen man Eis, Süßigkeiten, Zeitungen, Bier und alles andere bekommen konnte, nur eigentlich kein Wasser. Es gab sie an vielen Straßenecken und Plätzen, und immer standen eine Menge Männer um sie herum und tranken. Ich wunderte mich, dass Doktor Wolff und Vater begrüßt wurden, als würden sie jeden zweiten Tag hier stehen. Sie mussten auch nur kurz den Finger heben, schon befanden sich zwei geöffnete Bierflaschen vor ihnen. Vater nahm einen tiefen Schluck.

»Hier.«

Er hielt mir die Flasche hin.

»Gib dem Bub lieber 'nen Apfelwein«, sagte der Besitzer des Wasserhäuschens. Er trug eine Lederschürze, an der man gut sehen konnte, wo er sich immer die Hände abstreifte – wahrscheinlich nachdem er sich durch das fettige Haar gefahren war.

»Mein Sohn kriegt keinen vergorenen Apfelsaft. Hier, Paul«, sagte Vater abermals. Ich wunderte mich. Zu Hause war er ganz anders.

»He, he, he.«

Das kam bedrohlich von einem Mann, der ein wenig abseits stand und ein Geripptes in der Hand hielt. So heißen die Gläser, in denen Apfelwein ausgeschenkt wird. Ich erkannte den Mann sofort: der Schorsch-Karl.

»Was ist?« Auch den rauhen Ton in Vaters Stimme hatte ich noch nicht gehört. Zur Sicherheit lächelte ich vorsichtig.

»Bissuhesse?«

»Was geht dich das an?«

»Bist du Hesse?«

»Nein, aber mein Sohn. In Frankfurt geboren.«

»Ei, dann muss er wohl auch Ebbelwoi trinken dürfen«,

nuschelte der Schorsch-Karl und hielt mir sein Glas hin. Es schwappte etwas über.

»Hier«, äffte er meinen Vater nach.

»Komm, geh fort, Schorsch-Karl«, sagte der Wasserhäuschenbesitzer, »hier darf jeder trinken, was er will.«

»Ei, wenn der Bub doch kein Bier nicht will.«

»Ich nehme ein Eis«, sagte ich schnell, »ein Split, bitte.«

Der Schorsch-Karl schüttelte den Kopf und drehte sich um.

»Will hier geboren sein und spricht noch nicht mal Hessisch.«

Vater und Doktor Wolff drehten sich ab, prosteten sich zu und schimpften über die »74er Schlappekicker«, den Bundestrainer und bestärkten sich in ihrem gemeinsamen Boykott der WM. Denn auch wenn Vater kein Hesse war, war er ein großer Fan der Frankfurter Fußballmannschaft, vom Bernd Hölzenbein und vor allem von Jürgen Grabowski, das wurde er nicht müde zu erzählen. »Als Kind habe ich dem schon die Haare geschnitten.« Und wem hätte er das zu verdanken, rief er in die Runde: seinem Freund Doktor Wolff.

»Wieso das denn?«

Nicht nur ich wollte das wissen. Auch der Schorsch-Karl und all die anderen Bier- und Apfelweintrinker hörten zu.

»Zeig denen mal deine Hand, Ede.«

»Nee, lass doch«, sagte Doktor Wolff. Es war ihm unangenehm, so im Mittelpunkt zu stehen.

»Komm schon, nur ganz kurz.«

Und so streckte Doktor Wolff seine linke Hand aus. Wir alle konnten sehen, dass sein kleiner Finger kürzer war.

»Kurz nachdem wir aus Hannover hierhergekommen waren, Ede zum Studium und ich wegen der Friseurlehre, sind wir ins Tannekränzi gegangen, Apfelwein trinken.«

»Richtig so«, sagte der Schorsch-Karl.

»Wir waren schon ziemlich betrunken, und so merkte ich nicht, dass mein Glas einen Sprung hatte. Ich wollte es gerade ansetzen, da zerbrach es, und ich schluckte den Apfelwein und eine große Scherbe hinunter.«

Vater sah mir auf einmal in die Augen. Ganz ernst. Und leise sprach er weiter.

»Ich wäre fast erstickt oder verblutet, Paul. Aber Ede hat mir seinen kleinen Finger in den Hals gesteckt und die Scherbe rausgeholt. Dabei hat er sich den kleinen Finger abgeschnitten. Und mir das Leben gerettet.«

»Das hätte doch jeder getan«, sagte Doktor Wolff.

»Wenn's ein anderer getan hätte, wäre der vielleicht jetzt mein bester Freund. Aber so bist du es.«

Vater umarmte ihn, dann drehte er sich zum Schorsch-Karl um.

»Und deswegen trinke ich keinen Apfelwein mehr und mein Sohn auch nicht.«

Ich setzte mich auf die Bordsteinkante, aß mein Eis und fühlte mich traurig. Traurig? Seltsam. Vater war wieder in den Schoß der Familie aufgenommen worden. Ich hatte Boris das Heft wiedergegeben, ganz gut Fußball gespielt, und jetzt hielt ich sogar ein Eis in der Hand. Es hatte gerade eine typisch hessische Unterhaltung gegeben, Vater lachte gemeinsam mit seinem besten Freund, der ihm – wie ich eben erst erfahren hatte – das Leben gerettet hatte, und vor mir lag eine Aufgabe, und zwar eine große: *Zettels Traum* lesen.

Warum also fühlte ich mich so wie damals, als meine Schwester mich hatte trösten wollen, nachdem ich meine Mundharmonika verloren hatte? Sie hatte mir die Hand auf die Schulter gelegt, was sehr beruhigend gewesen war.

Dann, nach einer Weile, hatte sie sie weggenommen. Und auf einmal war die Traurigkeit stärker als vorher. Als wäre nach dem Trost die Traurigkeit noch größer als zuvor geworden. Aber damals hatte es einen Grund gegeben. Und jetzt? Es gab keinen. Ich steckte den Eisstiel in meine Jackentasche und seufzte.

Das hörte der Schorsch-Karl. Trotz des Apfelweinglases schaffte er es irgendwie, sich neben mich auf den Bordstein zu setzen, ohne etwas zu verschütten. Dann legte er seine Hand auf meine Schulter, wie damals meine Schwester.

»Lebbe geht weiter«, brummte er. Da fiel es mir ein. Natürlich: Das Leben geht weiter. Aber ich war kurz davor, etwas zu tun, was *mein* Leben verändern könnte. *Zettels Traum* lesen, meine große Aufgabe. Weil Vater es mir nicht erlauben würde, musste ich es heimlich tun. Dabei hatte ich meinen Vater doch noch nie hintergangen!

Ich kam mir vor, als wäre ich an einer entscheidenden Stelle in einer Geschichte angelangt: Entweder alles geht gut oder eben nicht. Oder wie auf einer Bergkuppe, der Weg vor mir war neblig, den hinter mir kannte ich. War es wirklich so wichtig, ein Buch zu lesen? Es gibt Menschen, die retten anderen Menschen das Leben. Und ich dachte nur noch an ein Buch. Aber es gab keinen Weg zurück.

Der Schorsch-Karl und ich, wir saßen lange schweigend da, bis er abermals brummte.

»Aber eins will mir nicht in den Kopf hinein. Wo ist denn jetzt der kleine Finger abgeblieben?«

*

Wie ich gehofft hatte, hielt Vater es am Sonntag dann doch nicht mehr aus. Gegen Mittag legte er *Zettels Traum* wieder oben auf das Regal im Wohnzimmer, rief Doktor Wolff an, um sich mit ihm in der Pizzeria Da Pino zu treffen. Zum Spiel am Abend wollte er rechtzeitig wieder zu Hause sein. Die Luft war rein und meine Traurigkeit vom Vortag verflogen. Schließlich war noch immer ich es, der den Lauf der Dinge in der Hand hatte. Ich bestimmte selbst, wohin mein Leben künftig gehen sollte.

Ich ging ins Wohnzimmer und sondierte die Lage. Dort oben auf dem riesigen Regal lag das Buch unerreichbar – zumindest ohne Hilfsmittel. Ich brauchte also die Leiter aus der Speisekammer, doch immer, wenn ich glaubte, ich wäre unbeobachtet, erschien entweder Mutter oder meine Schwester, um mich zu fragen, was ich da machen würde. Man hätte glauben können, wir wären eine Großfamilie. Am Nachmittag hatte ich genug. Mutter war in der Küche beschäftigt, und meine Schwester tat, was sie immer tat: Musik hören, natürlich nur David Cassidy. Ich pfiff auf die Leiter und zog mich einfach von Regalbrett zu Regalbrett hoch. Bald war ich am obersten Brett angelangt und strich über den Rücken des Buches. So einfach.

Es steckte in einer grauweißen Pappkassette und war wirklich unglaublich schwer. Als ich versuchte, das Buch aus der Kassette herauszuziehen, wackelte das ganze Regal. Das Buch aber bewegte sich kein Stück. Ich stellte die Kassette hochkant, um sie besser fassen zu können, und hängte mich an den Rand des Regals, um mit dem Fuß ein tiefer gelegenes Brett zu erreichen. Es klingelte an der Tür.

»Hallo, meine Lieben!«

Küsschen hier und Küsschen da: die Böse Omi.

»Ich habe euch Nudelsalat mitgebracht! Für das Spiel.«

Bestimmt mit Diät-Mayonnaise, dachte ich und zog mich wieder hoch.

»Danke, Oma!«

Meine Schwester schleimte wie gewöhnlich in der Hoffnung auf Extrataschengeld. Das hätte ich auch gemacht, ging aber gerade nicht. Ich hörte meine Mutter aus der Küche herbeieilen und vermutete, dass sie sich den Nudelsalat ihrer Mutter genauer anschauen wollte.

»Was ist *das* da?«, hörte ich sie fragen.

»Oh, ich habe mal was Neues ausprobiert«, antwortete Oma, »*das* da sind Bananen. Der Max Inzinger hat mich darauf gebracht.«

Einmal in Fahrt gekommen, sprudelten aus meiner Oma sämtliche Neuigkeiten ihrer Welt heraus – über ihren Dackel, der noch nie bei uns gewesen war, weil er eine Katzenhaarallergie hatte, über den Fernsehkoch Max Inzinger, dessen Sendungen sie nie verpassen würde, und natürlich das übliche »Früher war alles besser« – während Mutter sich fieberhaft überlegte, was sie gegen den Nudelsalat tun könnte. Denn wenn es etwas auf der Welt gab, das unverrückbar war, dann das: Die Böse Omi konnte nicht kochen. Absolut nicht. Aber reden. Unablässig.

Herr Rotasch – das war einer ihrer »Kavaliere« – habe sie in die Oper mitgenommen: »Wunderschön! Arien über Arien!«

Sie sei mit ihrem Dackel beim Friseur gewesen: »Das sollte sich dein Mann mal anschauen. Ein Salon, also vom Feinsten!«

Sie ging weiterplappernd ins Wohnzimmer, und meine Mutter folgte ihr, natürlich in Sorge, ein prüfender Finger würde über die Regalbretter streichen. Oma schaltete den Fernseher ein und setzte sich erwartungsvoll neben Mutter auf das Sofa.

»Hallo, Oma!«

Die beiden Frauen schauten am Regal hoch, wo sie mich schließlich entdeckten.

»Junge! Wie bist du denn da hochgekommen?«

»Ich kann nicht mehr herunter!«

»Ja, warum hast du denn nicht die Leiter genommen?«

Eines musste man ihr lassen, meine Böse Omi war nicht auf den Kopf gefallen. Ich war froh, dass sie mich nicht fragten, warum ich überhaupt dort hochgeklettert war. Mutter schaltete den Fernseher wieder aus und holte die Leiter. Als ich wieder festen Boden unter den Füßen hatte, kam sie dann doch, die Frage nach dem Grund meiner Klettertour. Ich schaute betreten und erläuterte, ich hätte das Buch herunterholen wollen, weil das Regal doch so wackelig sei. Sie nahmen mir das sogar ab und ruckelten an dem Regal.

Und siehe da: Das Buch fiel herunter, schließlich hatte ich es hochkant gestellt. Noch eine Delle. Mutter nannte mich ihren »kleinen Liebling«. Dass ich das gemerkt hätte, zeuge davon, wie erwachsen ich schon sei. Das Buch hätte uns alle erschlagen können. Nichts als Ärger damit. Mutter legte es auf das unterste Regalbrett. Ich war mir sicher: Vater würde toben. Aber ich strahlte: Etappensieg!

»Und jetzt der Nudelsalat«, rief Oma und ging in die Küche. Im Flur klingelte das Telefon, und da sie gerade daran vorbeilief, hob sie ab, bevor Mutter ihr zuvorkommen konnte.

»Mein Schwiegersohn«, rief sie aus, »also du und dieses Buch, als gäbe es nicht schon genug Ärger auf der Welt … husch, husch, beeil dich jetzt, es gibt Nudelsalat … aber … nein, das hat sie mir nicht erzählt … also, da mache ich für euch mal … hallo? Hallo?«

»Was ist?« Mutter verlangte den Hörer mit geöffneter Hand. Die Böse Omi legte ihn zurück auf die Gabel.

»Aufgelegt.«

»Was. Hat. Er. Gesagt?«

Wäre ich jetzt an Omas Stelle, ich würde in Deckung gehen.

»Wir sollen in die Pizzeria kommen. Er hat einen Tisch reserviert.«

»Oh? Wie schade um deinen Nudelsalat!«

*

Ein kleiner Mann küsste meiner Mutter die Hand, verbeugte sich vor Oma, gab meiner Schwester auf beide Wangen Küsse, und mir wuschelte er durch das Haar.

»Es ist mir eine Ehre«, sagte er. Ich bewunderte seine schiefe Nase und sein glänzendes, zurückgekämmtes Haar, das mit einem kunstvoll geschwungenen Entenschwanz endete. Für meine HKT-Theorie kein schlechter Anfang.

Wie oft war ich schon an der Pizzeria Da Pino vorbeigegangen, aber betreten hatte ich sie nie. Ich hatte mir immer vorgestellt, dass es hinter dem Eingangsraum noch einen weiteren Raum geben würde, in dem man sitzt und isst. Doch da waren nur eine Tür zur Küche und eine weitere zur Toilette. Den meisten Platz nahm ein riesiger Pizzaofen hinter der Ladentheke ein. Man aß stehend an zwei langen Brettern, die an den mit Fettspritzern verzierten Wänden befestigt waren, oder saß an dem großen Tisch am Fenster. Den hatte Vater reserviert. Da saß er jetzt auch, gemeinsam mit Doktor Wolff, einem Jungen in einem knappen T-Shirt, den meine Schwester anstarrte und der genauso zurückschaute, und einem Mädchen in meinem Alter.

»Setzt euch. Principe, bring noch mehr Wein. Und für die Kinder auch was.«

Der Pizzabäcker nickte und redete auf Italienisch auf den Jungen ein, der schließlich mürrisch aufstand und hinter die Theke schlurfte. Meine Schwester verfolgte ihn mit ihrem Blick, während er seine Muskeln spielen ließ und uns Cola einschenkte.

»Toller Name, was«, sagte Vater, »Principe heißt Prinz, und das da ist seine Principessa.«

Das Mädchen schenkte allen ein entzückendes Lächeln. Mich aber grinste sie dreimal so breit an wie nötig. Das Deckenlicht reflektierte sich in ihrer Zahnspange.

»Chiara ist erst seit kurzem in Frankfurt. Sie … wo kommt ihr noch mal her?«

»Napoli … Neapel.«

»Na-po-li … was für ein Zufall«, flötete Oma, »da sind wir auch mal gewesen, Opa und ich. Amalfiküste mit dem Reisebus. Und Zitronen gibt es da … so groß wie Fußbälle!«

Das war das Stichwort. Doktor Wolff und vor allem Vater ergriffen die Gelegenheit und informierten uns über die Aufstellung.

»Ich sag euch, der Ronnie Hellström wird das Spiel entscheiden. Nächste Saison spielt er übrigens auf dem Betzenberg.«

»Und Grabowski?«, fragte Mutter.

»Hör mir auf«, rief Doktor Wolff, »der sitzt wieder nur auf der Bank.«

»Schon wieder?«

»Ja. Aber …«, sagte Vater und dehnte das Wort in die Länge, »… aber ich sage euch, der Jürgen – und nicht Hellström – wird das Spiel entscheiden.«

»Von der Ersatzbank aus«, rief Doktor Wolff, und Mutter lachte.

»Hast du schon mal ein Fußballspiel gesehen?«, fragte mich Chiara. Es klang ernsthaft interessiert.

Ich überlegte kurz.

»Oh ja, viele«, log ich. Nicht ein einziges, wäre die Wahrheit gewesen.

»Ich mag Fußball nicht«, sagte Chiara und beendete unser Gespräch schon wieder und wendete sich ab. Ich schaute sie von der Seite an. Die Nase war ein wenig schief, wie bei ihrem Vater. Ihr Kleid war ganz hübsch mit sommerlich bunten Blumen. Sie hatte rote Haare, ob mir das gefiel, konnte ich nicht sagen. Aber: Sie war die erste Rothaarige in meinem Leben. Noch eine neue Herausforderung für meine HKT-Theorie. Was ich aber eindeutig nicht mochte, war, wie sie sich bei den anderen einschmeichelte und einen nach dem anderen anstrahlte, mich dabei aber ausließ.

»Ach, ich liebe Italien«, rief Oma aus und riss das Gespräch wieder an sich, »Vico Torriani …«

»Der ist Schweizer«, murmelte Herr Da Pino.

»… oder Caterina Valente! Die singt so schön auf Deutsch: *Wo meine Sonne scheint und wo meine Sterne steh'n, da kann man der Hoffnung Glanz und der Freiheit Licht in der Ferne seh'n.*«

»Aber wir … wir werden jetzt der Deutschen Spiel live im Fernsehen seh'n! Principe, mach den Fernseher an!« Vater stupste mir in die Rippen, und ich wünschte mich nach Hause. Vielleicht könnte ich ja meine Pizza einpacken lassen und meine Schwester mitnehmen. Lieber die als diesen Irrenhaufen hier!

Wie bei uns zu Hause war bei dem riesigen Fernseher, der auf einem Brett hinter dem Tresen stand, zuerst nur der Ton zu hören, bevor langsam das Bild aufflammte. Wir hörten ein Lied, gespielt von einer Kapelle, und dann sahen wir elf Männer in gelben Trikots und blauen Hosen aufgereiht stehen. Sie hatten alle lange, ungepflegte Haare.

»Meine Güte«, sagte Oma, und Mutter meinte, die Deutschen sähen auch nicht besser aus. Chiara nahm ihren Stuhl und rückte weiter nach vorne.

»Oh, meine Tochter liebt Fußball«, sagte ihr Vater, »sie hat so sehr geweint, als die Squadra Azzurra ausgeschieden ist.«

»Haben ja gerade mal gegen Haiti gewonnen«, murmelte Vater. Aber ich verstand nichts mehr. Wieso hatte sie mich angelogen? Dann hieß uns eine Stimme willkommen.

»Wolfram Esser«, sagten Vater und Doktor Wolff gleichzeitig, und tatsächlich tauchte sein Name auf dem Bildschirm auf.

»Es regnet in Strömen hier vor 67 800 Zuschauern im Düsseldorfer Rheinstadion«, sagte der Reporter.

»Und die Schweden erleben gleich ihr zweites Waterloo«, ergänzte Vater. Und dann, genau in dem Moment, als Principe Da Pino uns die Pizzas brachte, ging das Spiel los. Ich freute mich, denn so konnte ich mich voll auf das Essen konzentrieren. Danach würde sich ein Weg finden lassen, einfach zu verschwinden. Doch einen kurzen Augenblick später standen Vater, Doktor Wolff und Mutter plötzlich auf und starrten auf den Fernseher. Automatisch tat ich das auch, und ich vergaß die Pizza, Chiara, mich selbst. Einfach alles …

Als hätte ich es schon immer im Blut gehabt, verstand ich jedes Wort, was der Reporter, Vater und Doktor Wolff sagten, obwohl ich manches noch nie gehört hatte. Gleich in der ersten Minute stürmte Overath nach vorne, doch Hellström »tauchte« rechtzeitig unter. Es war ein »Spiel auf ein Tor«, die Zuschauer »trieben« die deutsche Mannschaft nach vorne, Pässe, die mir nie gelingen würden, landeten wundersamerweise direkt am Fuß eines Mitspielers.

»Den haben die Polen gekauft«, rief Vater plötzlich,

als Breitner im Strafraum gefoult wurde, der russische Schiedsrichter aber nicht pfiff.

»Mit was denn?«, fragte Doktor Wolff. »Rubel oder Złoty?«

»Hehe«, machte Vater, und Mutter verdrehte die Augen. Wieso denn die Polen, wollte ich fragen, aber Chiara kam mir zuvor.

»Nein, das war kein Foul«, sagte sie, und seltsamerweise akzeptierte Vater ihren Einwand. Ich war ihrer Meinung, aber neutral zu sein, darum ging es bei diesem Spiel nicht, wenigstens das hatte ich schon begriffen. Und dann passierte es.

»Katsche, mach ihn weg«, rief Vater, als Schwarzenbeck mit dem Kopf an den Ball kam. Doch es missglückte.

»Mach ihn weg«, riefen Doktor Wolff, Vater und ich – und ich! – gleichzeitig, doch Schwarzenbeck schaffte es auch ein zweites Mal nicht, den Ball richtig wegzuköpfen. Er landete bei einem schwedischen Spieler, der mit einer »Direktannahme« Sepp Maier bezwang.

»Vierundzwanzigste Minute: Null zu eins, Torschütze Ralf Edström.«

Die Deutschen versuchten danach alles, hatten Riesenchancen, doch Hellström hielt und hielt und hielt. Dann war Halbzeit.

»Was ist mit deiner Pizza? Isst du die nicht mehr?« Vater langte über den Tisch und griff ein Stück von meinem Teller.

»Lass dem Jungen sein Essen«, sagte Mutter.

»Ist schon in Ordnung.« Ich hatte keinen Hunger mehr.

»Du«, fragte ich Vater, »was passiert denn jetzt?«

»Keine Frage, der Schön wechselt Jürgen ein …«

»Jawohl, Grabowski«, nickte Doktor Wolff zustimmend.

»… und der entscheidet das Spiel.«

»Nein«, sagte Mutter, »Overath schießt den Ausgleich.«

»Der sieht doch vor lauter Haaren den Ball nicht.«

Mit den Haaren von Wolfgang Overath könnte man ein ganzes Kopfkissen füllen. Jetzt, im Dauerregen, lag sein Haar gegen alle Gesetze der Natur nicht feucht und platt an, sondern war so dermaßen aufgebauscht, dass er aussah wie eine nassgewordene Pusteblume.

»Wirst schon sehen«, sagte Mutter.

Gleich nach dem »Wiederanpfiff« durch Schiedsrichter Pawel Kasakow wischte Beckenbauer sich den Pony aus dem Gesicht und stürmte auf das schwedische Tor zu. Er schoss aus zwanzig Metern, doch Hellström hielt. Immer wieder Hellström, es war sensationell, er war fast so gut wie Boris. Und dann spazierte Hölzenbein durch das Mittelfeld, spielte im Strafraum Müller an, ein Schwede schoss den Ball weg, der landete bei einem langhaarigen Deutschen, und der »überwand« Hellström. Wir sprangen alle auf.

»Tor! Bernd Hölzenbein«, rief Wolfram Esser, doch Vater schüttelte den Kopf.

»Im Leben nicht, der hat doch nicht die Zwölf!«

Der Name Overath wurde eingeblendet. Mutter streckte Vater die Zunge raus.

»Ist doch auch egal«, murmelte er gutgelaunt.

»Ich muss mich entschuldigen«, sagte Wolfram Esser, »es war nicht Hölzenbein, sondern Overath. Ich habe mich geirrt, weil Overath, was selten ist, mit rechts geschossen hat.«

Wir hatten uns noch gar nicht beruhigt, da tauchte Rainer Bonhof am Strafraum auf. Hellström kam gerade noch so an den Schuss heran, der Ball hoppelte an den rechten Innenpfosten, sprang von dort an den linken Innenpfosten und trudelte dann ins … Tor!

»Mensch«, rief Oma.

»Besser als das Wembley-Tor!« Doktor Wolff war außer sich.

»Das Glück ist bei der deutschen Mannschaft«, sagte Wolfram Esser. Ich schaute ernst nickend von einem zum anderen und ballte die Fäuste. Dann stupste mich Chiara an. Das Spiel ging schon weiter, und dieses Mal stürmten die Schweden nach vorne.

Vater und Doktor Wolff riefen »Pass auf!« und »Katsche!«, doch das »tsche« trudelte enttäuscht aus, denn wieder köpfte Schwarzenbeck zum Gegner, und der schoss von links in die lange Ecke. Unhaltbar für Sepp Maier.

»Dreiundfünfzigste Minute: Fehler in der Abwehr. Sandberg. Ausgleich«, fasste Wolfram Esser zusammen. Obwohl er sich Mühe gab, neutral zu klingen, war seine Enttäuschung herauszuhören: »Das liegt natürlich auch mit an den Bodenverhältnissen.«

»Hodenverhältnisse«, brüllte Vater. »Scheiße!«

»Das war doch Foul«, schrie Doktor Wolff gleichzeitig, »der Schiri hat die Hand am Sack!«

Das war der Moment, in dem Mutter wieder Punkte hinter jedes Wort setzte und mit Oma nach Hause ging. Und meine Schwester nahmen sie mit. Ich blieb.

»Jetzt muss er den Grabowski einfach bringen«, rief Vater ihnen hinterher, stockte kurz und zuckte dann mit den Schultern. »Ist doch wahr. Sonst können wir das Endspiel jetzt schon vergessen.«

In vier Minuten drei Tore. War so was normal? Und dann, zehn Minuten später, musste Dieter Herzog den Platz verlassen. Für Grabowski. Grabowski!

»Ja. Ja. Ja«, machte Vater immer wieder. »Ja. Ja. Ja.«

»Hat der aber lange Haare«, sagte ich zu ihm.

»Ja, der muss mal wieder zu mir kommen. Aber nur, wenn er ein Tor schießt.«

Und dann wurde Hölzenbein im Strafraum »gelegt«, wieder ertönte kein Pfiff, die Schweden eroberten den Ball, Vater fluchte, die Deutschen holten ihn sich zurück, Doktor Wolff jubelte, es ging hin und her, dann spielte Uli Hoeneß im Strafraum Gerd Müller an, der »band« zwei Spieler, doch die Nummer Vier konnte den Ball »wegstochern«, er landete bei Hölzenbein, der ihn zum frei stehenden Grabowski weiterspielte und der »zirkelte« in der siebenundsiebzigsten Minute den Ball an Ronnie Hellström vorbei ins schwedische Tor: 3:2!

»Der Joker hat gestochen«, schrie Vater. Er und Doktor Wolff lagen sich in den Armen, und Chiara lächelte mich mit glitzernder Spange an. Warum? Wo sie mich doch ständig anlog. Aber im Moment war mir das egal. Ich starrte auf den Bildschirm.

»Glänzende Rückkehr, glückliche Rückkehr in den Kreis der elf Spielenden!«

»Hab ich es nicht gesagt? Ich hab's doch gesagt! Na, wer hat's denn gesagt?«

Eine Viertelstunde später war das Spiel vorbei. 4:2 für Deutschland, nachdem Hoeneß noch »kaltschnäuzig« einen Elfmeter verwandelt hatte. Nach dem Schlusspfiff sah ich, wie Berti Vogts sein Trikot mit der Nummer Zwei mit Roland Sandberg – der Nummer Elf – tauschte, und wunderte mich, dass beide das nassgeschwitzte Hemd des anderen wieder anzogen. Aber dann verstand ich. Es war ein Ritual, wie so vieles, was ich in den vergangenen neunzig Minuten gesehen hatte. Warum hatte ich mir nie zuvor ein Fußballspiel anschauen wollen? Was hatte ich alles verpasst? Das war ja besser als jeder Kriminalfilm!

*

Am nächsten Morgen war Vater wieder mit der Welt versöhnt.

»Alles genau so gekommen, wie ich es vorhergesagt habe! Die ganze Aufregung hätten sie sich sparen können, wenn der Jürgen von Anfang an gespielt hätte.«

Als Mutter ihn wegen des Buches ausschimpfte, weil es so gefährlich auf dem Regal gelegen hatte, war er noch nicht mal böse, so gut ging es ihm. Aber er hätte auch keinen Widerspruch wagen dürfen. *Zettels Traum* lagerte nun für immer und ewig auf dem untersten Regalbrett.

»Diese Mackersprüche! Ich begreife nicht, wie ich jemanden wie dich heiraten konnte! Du und dein Freund! Einer schlimmer als der andere.«

»War doch nur Spaß«, brummte er, mehr nicht.

Obwohl auch ich mich königlich amüsiert hatte, gab es aber noch immer eine Mission, die ich trotz aller Aufregung nicht vergessen hatte: das Buch. Seit ich im Unterricht so angegeben hatte, war ja noch ein weiterer Grund dazugekommen. In der Schule ignorierte ich deshalb die bösen Blicke von Henning-Johann-und-so-weiter und dachte den gesamten Vormittag darüber nach, wie ich es nur anstellen könnte, unbemerkt in dem Buch zu lesen.

Meine Schwester war das kleinste Problem. Sie war mit anderen Dingen beschäftigt und achtete nicht auf meine Pläne. *Bravo* hatte nämlich mit einem Starschnitt von David Cassidy begonnen. Nachdem sie sich das Heft gekauft hatte – das erste Poster zeigte den linken Oberschenkel ihres Idols –, war kaum noch was mit ihr anzufangen gewesen. Und seitdem sie gestern den Jungen in der Pizzeria gesehen hatte, war bei ihr gar nichts mehr normal. Beim Frühstück hatte sie uns alle gelöchert, ob wir seinen Namen wüssten, und dann, weil keiner ihn gewusst hatte,

hatte sie uns vorgeworfen, dass wir sie nicht mögen würden und alles würde sich nur um Paul drehen, Paul hier, Paul da, und das könne sie nicht mehr hören und so weiter. War das noch gesund?

Bei Mutter war es schon etwas schwieriger. Sie hatte sich ja genau wie Vater freigenommen, aber ich hoffte, dass sie nicht die ganze Zeit untätig herumsitzen würde. Sie ging ja öfter mal mit Rotraud und Bruder Kolja zu Versammlungen, und tagsüber würde die Böse Omi sie sicher auch mal in Beschlag nehmen.

Das weitaus größte Problem aber war Vater. Der Fußball würde ihn wieder in die Pizzeria treiben, das war sicher, aber das nächste Spiel gegen Polen war erst am Mittwoch, und bis dahin … aber dann, mitten im Biologie-Unterricht, fiel mir die Lösung ein: Ich würde es nicht tagsüber versuchen, sondern nachts, wenn alle schlafen! Großartig. Sofort nach der Schule rannte ich nach Hause – obwohl das an der auf einmal so unglaublich langsam verstreichenden Zeit nichts ändern würde, im Gegenteil.

Zu Hause tigerte Vater durch die Wohnung. Er war noch immer im Schlafanzug und redete mit sich selbst. Mich beachtete er gar nicht. In der Küche schnitt Mutter Karotten klein. Ich sah sie fragend an.

»Er hat einen Anruf bekommen. Morgen früh wollen Bernd Hölzenbein und Jürgen Grabowski kommen, um sich von ihm die Haare schneiden zu lassen. Sie sind ja jetzt in Frankfurt, das Spiel am Mittwoch findet doch hier statt.«

»Sie kommen hierher?« Ich war perplex.

»Natürlich nicht! Sie treffen sich im Friseursalon.«

Dann war die Geschichte also wirklich wahr. Vater war der Friseur von einem Teil der Frankfurter Flügelzange, und nun wollte sich der andere auch von ihm die Haare schneiden lassen. Beide hatten es bitter nötig.

»Und warum läuft er dann die ganze Zeit hin und her?«

»Er will ihnen sagen, was sie tun müssen, um gegen Polen zu gewinnen. Er sagt, das seien die Favoriten. Und schließlich habe er mit seiner Forderung, Grabowski einzuwechseln, recht behalten. Ihm fällt aber nichts ein, was er ihnen sagen könnte.«

Ich wunderte mich, dass Mutter das alles erzählte, ohne wütend zu werden. Das war sie doch in letzter Zeit immer, wenn es um Vater ging. Dann legte sie das Messer weg und sah mich an.

»Ich war es, die ans Telefon gegangen ist. Verstehst du, ich habe mit Grabowski geredet. Mit Jürgen Grabowski! Persönlich …«

In meinem Zimmer warf ich mich aufs Bett und starrte an die Decke. Waren denn alle jetzt verrückt geworden? In der Schule hatte ich das auch schon bemerkt. Immer mehr Schüler trugen auf einmal Trikots der Nationalmannschaft. Aber eigentlich war das gar nicht schlecht. Für mich. Mein Plan war davon nicht betroffen, im Gegenteil. Sollten sie doch alle tagsüber wie aufgescheuchte Hühner herumlaufen, in der Nacht würden sie dann umso besser schlafen, und ich hätte freie Bahn. Gleich heute Nacht wollte ich es versuchen.

Ich sah auf meinen Wecker: Halb zwei. Noch mindestens zehn Stunden. Um die Zeit ein wenig zu verkürzen, ging ich am Nachmittag zum Bäcker und holte mir ein Eis, das ich gerade aufgegessen hatte, als ich wieder unser Haus betrat.

*

Jeder Mensch hat Rituale und Gewohnheiten, die andere nicht nachvollziehen können, sondern als unsinnig bezeichnen würden. Boris zum Beispiel. Der schluckte seine Kaugummis nie hinunter. Er spuckte sie immer an derselben Stelle aus, wenn wir gemeinsam von der Schule nach Hause gingen. Mutter hatte ihre Plastiktüten, die sie so faltete, wie sie es in Venedig gelernt hatte. Und Vater roch gerne an den Fingern seiner linken Hand – wieso auch immer.

Ich steckte jedes Mal, wenn ich auf dem Nachhauseweg ein Eis aufgegessen hatte, den Stiel unter der Wohnungstür der Bartoldys durch und rannte die Treppe hoch. Ich hatte überhaupt keine Ahnung, warum. Manchmal hatte ich sogar extra einen Stiel nicht woanders weggeworfen. Ich war mir sicher, dass die Bartoldys mich nicht verdächtigen würden: Ein Junge aus dem eigenen Haus würde doch nicht auf solch eine blödsinnige Idee kommen, und schon gar nicht der Paul.

Doch dieses Mal, gerade als ich den Stiel durchschieben wollte, öffnete sich die Tür. Herr Bartoldy Junior war in einen Bademantel gehüllt, der dem Trenchcoat, den er auf der Straße trug, ziemlich ähnlich sah.

»Hallo«, sagte ich zögerlich und fühlte mich ertappt. Wie ein Idiot hielt ich den Eisstiel in der Hand. Herr Bartoldy Junior nahm ihn mir ab, schaute ihn kurz an und ging zurück in die Wohnung. Die Tür aber ließ er offen. Neugierig warf ich einen Blick in den Flur. Seine Mutter kam aus der Küche und gab mir wie einem Erwachsenen die Hand.

»Paul, nicht wahr? Willkommen! Ich freue mich, dass du Emil einmal besuchen kommst. Ich koche Kakao für euch.«

Frau Bartoldy war alt und blond, eine Mischung, die

ich durch die Haarfärbewünsche von alten Menschen in Vaters Salon nur zu gut kannte, und es waren nicht nur Frauen. Doch Frau Bartoldy sei echt blond, hatte Vater einmal bewundernd gesagt, auch wenn er sie noch nie frisiert hatte. Mein Vater konnte so etwas selbst aus der Ferne beurteilen.

Sie zog mich in die Wohnung, und ich fand mich auf einem kleinen Hocker an einem kleinen Tisch in einer kleinen Küche wieder. Im Nu stand eine Tasse mit heißem Kakao vor mir. Wie hatte sie das nur so schnell geschafft? Sie hatte doch nicht wissen können, dass ich kommen würde.

»Wer ist denn da?«, rief eine Männerstimme von irgendwo.

»Paul ist da«, rief Frau Bartoldy zurück.

»Soll r-r-reinkommen, nichwahr.«

Dieses dreifache »r« schnitt ein Loch in mein Herz. Ich empfand großes Vergnügen an dem, was der alte Herr Bartoldy mir in der folgenden Viertelstunde mit seiner schnarrenden Stimme erzählte: von seinem Treffen mit »Duke« – es war ein Musiker mit Namen Duke Ellington gemeint –, dem Schreib- und Kompositionsverbot in der Nazizeit – »wie kann man jemandem das Komponieren verbieten?!« –, den zahlreichen Büchern, an denen er mitgeschrieben hatte, und von der Saugglockengeburt seines Sohnes.

»Dabei wärst du doch fast über die Wupper-r-r gegangen, nichwahr, Edda?«

Ich hatte weder eine Ahnung, was der alte Herr Bartoldy damit meinte, noch was eine Saugglockengeburt sein könnte. Er saß währenddessen in einem wunderschönen Ohrensessel, links neben sich einen Plattenspieler, rechts von ihm ein Tischchen mit einer Kanne Tee darauf. Das

Wohnzimmer war fast so klein wie die Küche. An einer Wand stand ein Schrank, an dem oben eine Lasche befestigt war. Ich hatte so etwas einmal im Fernsehen gesehen. Man zieht an der Lasche, und schon steht ein fertiges Bett im Zimmer. Ich fand das praktisch, und fast hätte ich gefragt, ob ich es mal ausprobieren dürfte.

Auf einmal merkte ich, wie behaglich ich mich fühlte. Die Eltern von Emil Bartoldy waren auf ihre Art sehr sympathisch. Warum bloß versteckte er seine Schildkröte vor ihnen? Wie sollte sie jemals lächeln lernen, da unten im Keller? Durch ihn ja wohl nicht, denn hatte jemand schon mal Emil Bartoldy lachen gesehen? Ich jedenfalls nicht. Lag das vielleicht an dieser Saugglockengeburt?

»Alfred, du bist unhöflich«, sagte Frau Bartoldy schließlich, »Paul ist doch wegen Emil gekommen.«

Sie goss ihm Tee nach, während er – so hatte ich das Gefühl – ununterbrochen »r-r-r-r-r-r« machte. Ich nickte stumm in Richtung Ohrensessel und folgte Frau Bartoldy zum Zimmer ihres Sohnes. Die Tür öffnete sich einen Spalt, ohne dass sie klopfen musste.

»Besuch«, sagte sie und ließ mich stehen. Langsam ging die Tür weiter auf, und so betrat ich, Paul Neumann, zwölf Jahre alt:

Die wundersame Welt des Emil Bartoldy

Das Zimmer war riesig im Vergleich zu den anderen Räumen der Wohnung. Im Halbdunkel sah ich Schränke, Regale, Zettelkästen, Setzkästen und weitere Aufbewahrungsmöbel stehen. Sie waren angefüllt mit allen möglichen

Dingen, aber nicht etwa wie in einer Rumpelkammer, nein, alles sah geordnet und sauber aus, *»denn nur was richtig sauber ist, kann richtig glänzen!«* Wenn Mutter das sehen könnte!

Emil Bartoldy hatte eine Art Mütze auf, an der eine Lampe befestigt war. Damit leuchtete er mir ins Gesicht, winkte mich zu sich und zog an einem riesigen Schrank eine Schublade heraus: Kärtchen mit Frauennamen – Hunderte, Tausende, ich weiß nicht, wie viele, bei manchen ein Häkchen.

»Es wird markiert, wenn sie nicht auf den Namen reagiert hat.« Zuerst wusste ich nicht, was er meinte. Dann fiel mir die Schildkröte ein, und ich nickte anerkennend.

»Alle Frauennamen, die es auf der Welt gibt, sind hier alphabetisch sortiert.«

»Waren Sie schon erfolgreich?«

Emil Bartoldy schüttelte den Kopf und sah dabei genauso traurig und ernst aus, wie ich die Schildkröte in Erinnerung hatte. Er drehte sich weg und ließ den Schein seiner Kopflampe über die anderen Schränke wandern, bis er an einem Setzkasten hängenblieb, der eine ganze Wand einnahm. Hier sammelte er lauter Dinge, die er bei seinen Spaziergängen gefunden hatte.

»Alles, was die Straße und die Menschen, die hier wohnen, betrifft, wird gesammelt. Es ist wichtig, alles zu bewahren.« Sogar in dem abgedunkelten Raum konnte ich seine Augen glänzen sehen.

»Warum?«, fragte ich. Er schaute mich irritiert an.

»Warum ist das wichtig?«, wiederholte ich.

»Na ja, wenn jemand fragt?«

Dass er es als Frage formulierte, machte mich nachdenklich. Vielleicht hatte er recht, vielleicht war es wichtig, dass es jemanden gibt, der Informationen über andere sammelt. Was wäre, wenn jemand sein Gedächtnis verliert? Dann könnte er zu Emil Bartoldy gehen, und der würde ihm helfen, sich wiederzufinden. Es war ein wundersamer Ort, und ich war froh, dass ich ihn mir anschauen durfte. Warum machte man das nicht auf der ganzen Welt und für jeden? Das wäre doch toll, wenn jeder über jeden alles wissen könnte. Ein Geistesblitz durchzuckte mich.

»Könnten Sie mit Ihrer Sammlung vielleicht auch Frau Schellack helfen«, fragte ich zögerlich, »damit sie ihren Mann findet und er zu ihr zurückkommt?«

Eigentlich wollte ich das gar nicht. Ohne ihn war ich besser dran, Frau Schellack meckerte nie über meinen Lärm, aber sie wäre dann nicht mehr allein. Und manchmal muss man für das Glück eines anderen einen Schritt zurücktreten. Emil Bartoldy ließ den Strahl der Lampe wieder über die Schränke und Regale wandern. Als würde er etwas markieren.

»Vielleicht«, sagte er langsam, »ich hätte da eine Idee. Aber vorher zeige ich dir etwas.«

Anstatt mir von seiner Idee zu erzählen, führte er mich zu einem Regal, an dem auf einem festgeschraubten Schildchen der Name von Frau Schellack stand. Es war nicht sehr voll, und das Erste, was ich sah, war ihre Handtasche. Unglaublich. Ich blieb stehen.

»Wo haben Sie die denn her?«

»Gebüsch, gestern, im Vorgarten, Altkönigstraße 10.«

Das kam wie aus der Pistole geschossen.

»Wann geben Sie sie ihr zurück?«

»Aber sie hat sie doch verloren! Außerdem war gar nichts drin. Nur ein paar Überweisungen mit ihrem Namen.«

»Kein Zigarettenetui?«

Er schüttelte den Kopf.

»Aber Sie müssen sie ihr zurückgeben!«

»Jaja. Komm, ich zeig dir noch etwas anderes«, antwortete er und führte mich zu einem weiteren Regal, auf dem ein Schild mit meinem Namen angebracht war. Total viele Dinge lagen dort, fein säuberlich angeordnet. Manches hatte ich weggeschmissen, anderes verloren.

»Und hier«, sagte er und zog ein Schächtelchen heraus. Ich durfte es selbst öffnen. Die Eisstiele lagen darin. Auf jedem war mit klitzekleiner Schrift mein Name vermerkt sowie Datum und die Uhrzeit.

»Die kann ich dir aber nicht zurückgeben.«

Ich wollte sie auch nicht wiederhaben. Aber dass er sie sammelte und beschriftete, irritierte mich. Als wäre es normal, was ich machte, und deswegen richtig, es zu archivieren. Wie dieser Mensch mich immer wieder überraschte. Eben noch hatte ich alles merkwürdig gefunden und Emil Bartoldy als verrückt, aber harmlos eingestuft. Nun änderte ich meine Meinung. Gedächtnisverlust hin oder her, niemand sollte das Recht haben, Informationen über andere zu sammeln. Damit konnte man Leute erpressen – mich zum Beispiel. Was würden meine Eltern sagen, wenn sie von den Eisstielen erfahren würden? Das war das Kuriose an den Macken anderer: Man kennt sie, aber man redet nicht über sie. Sie gehören dem, der sie hat, und solange sie ungefährlich sind, sollte das so bleiben.

Emil Bartoldy wollte mich zu einem weiteren Regal ziehen, aber ich schüttelte seine Hand ab. Mir war auf einmal unheimlich zumute. Ich murmelte etwas von Abendessen und verließ, so schnell ich konnte, die Wohnung. Beim Rausgehen hatte ich noch einen weiteren Geistesblitz. Ich nahm rasch die Handtasche von Frau Schellack aus dem Regal und schob sie unter mein T-Shirt. Er hat nichts bemerkt.

»Bis bald«, hatte Emil Bartoldy noch hinter mir hergerufen, als ich schon die Treppenstufen hocheilte. Und in meinen Ohren hatte es fast wie eine Drohung geklungen. Ich zog die Handtasche unter meinem T-Shirt hervor, klingelte und klopfte lange an der Tür von Frau Schellack, aber sie war nicht da. Schade. Ich nahm die Handtasche mit zu mir ins Zimmer und konzentrierte mich wieder auf mein Vorhaben.

Dienstag, 22. Oktober 1974

Hallo, Frau Ludwig,

wundern Sie sich jetzt? In einem meiner Briefe habe ich noch von Chiara geschwärmt, und nun mache ich mich über ihre Zahnspange lustig.

Aber Sie wissen doch auch, woran so was liegt. An der Situation. Und an dem anderen, also der anderen. Gehen Sie mal als fast dreizehnjähriger Junge, der sich gerade noch so vor einer Strafpredigt hat retten können, mit Ihrer Mutter, Oma und Schwester in ein italienisches Restaurant und lernen die Tochter des Besitzers kennen, während Ihr Vater dort mit seinem besten Freund schon ein paar Gläser Wein getrunken hat und blöde Fußballsprüche von sich gibt. Entweder Sie lassen sich von dieser Situation hinreißen und werden Stammkunde oder Sie sehen alles, was nicht ganz in Ordnung ist, erst einmal nur negativ: die Fettspritzer an der Wand, die schiefe Nase des Pizzabäckers und eben die Zahnspange seiner Tochter.

Nach den Sommerferien aber war alles anders. Es war, als stünde die Welt still, als Chiara in die Klasse kam. Zum ersten Mal fielen mir die Pickel und Mitesser meiner Klassenkameraden richtig auf, ihre fettigen Haare und der nach Erbsensuppe riechende Achselschweiß. Denn die Zahnspange war weg. Und ihr Lächeln war nicht mehr falsch. Sie hat sich gefreut, mich zu sehen.

Und Sie wird es sicherlich freuen, dass ich hier unten im Keller sogar etwas für meine Bildung tue. Das »Major Tom«-Lied von David Bowie kann ich schon mitsingen.

Englisch ist gar nicht so schwer. Dass ich den Kassettenrekorder mit in den Keller genommen habe, war die beste Idee seit langem. Wenn ich das Lied höre, natürlich ganz leise, mache ich die Stehlampe aus. Es ist dann so stockdunkel, wie es auch im Weltall sein muss.

Polen

Etwa um drei Uhr nachts, nachdem ich alle halbe Stunde einen heimlichen Blick ins Wohnzimmer geworfen hatte, gab ich auf. Vater war immer noch wach und grübelte, was er Grabowski und Hölzenbein mit auf den Weg geben könnte. Er beschäftigte sich mit Tabellen und Mannschaftsaufstellungen, zeichnete auf Papier Angriffsvarianten und betete die Aufstellung rauf und runter, bis er selbst nicht mehr wusste, ob Maier im Tor stand oder im Sturm. *Zettels Traum* lag unberührt im Regal. Vielleicht hätte ich einfach hingehen und das Buch mitnehmen sollen. Wahrscheinlich hätte er das nicht einmal bemerkt. Aber ich traute mich einfach nicht, mutig zu sein.

Am Morgen war Vater noch immer wach, und ich machte mir Sorgen. Nicht, dass er vollkommen betrunken war, aber der fehlende Schlaf und reichlich Bier hatten das Weiße in seinen Augen mit roten Äderchen durchzogen. Trotzdem strahlte er mich an, als ich in die Küche kam.

»Paul, mein Junge! Jaja, ich sehe fürchterlich aus. Ich habe die Nacht durchgemacht. Aber ich hab's gefunden! Ich weiß, wie wir gegen die Polen gewinnen können und ins Finale kommen.«

Ich schaute ihn erwartungsvoll an.

»Regen.«

Jetzt schaute er mich an.

»Verstehst du? Regen!«

»Ja, aber ...«

»Nix aber. Du weißt doch, dass die Polen mit ihrem Kombinationsspiel unschlagbar sind. Außer … wenn es regnet … dann …«

Mutter war in die Küche gekommen. Sie sah sehr wütend aus.

»Und das willst du Grabowski und Hölzenbein sagen?«

Vater sprang auf und griff nach seinen Schuhen.

»Na und ob ich denen das sagen werde! Ich gehe schon mal los. Ich muss noch den Salon herrichten.«

»Erzähl bitte nichts davon in der Schule«, bat mich Mutter.

»Von Grabowski und Hölzenbein?«

»Nein, von diesem Irrsinn mit dem Regen. Die würden ihn alle auslachen.«

Wir schauten aus dem Fenster nach draußen: strahlend blauer Himmel.

*

Peymann war der seltsamste Schüler in meiner Klasse. Er war älter als wir anderen, weil er schon mindestens einmal die sechste Klasse hatte wiederholen müssen. Aber das lag nicht daran, dass er dumm wäre. Er stellte einfach nur alles in Frage, was unsere Lehrer sagten. Ewig konnte er mit ihnen diskutieren. Vorausgesetzt, er war da. Die meisten Lehrer waren froh über seine Fehlstunden und machten dann einfach trotzdem ein Anwesenheitshäkchen. Der einzige, der sich weigerte, war unser Mathelehrer. Und deswegen war es sehr wahrscheinlich, dass Peymann wieder sitzenbleiben würde. Und das bedeutete: Er würde von der Schule fliegen.

»Und das geht doch nicht«, sagte er zu uns in der großen Pause, »was wollt ihr Jungs denn ohne mich machen?«

Wir standen zu fünft oder sechst um ihn herum und nickten. Man konnte von ihm lernen, mutig zu sein. Aber er machte uns zugleich auch das Leben leichter. War etwas ungerecht, konnten wir uns sicher sein, dass er es ansprach, während wir uns einfach zurücklehnten.

»Aber was können wir tun?«, fragte Boris. »Du *bist* einfach schlecht in Mathe.« Wenn du überhaupt da bist, fügte jeder von uns in Gedanken hinzu.

»Lehnt euch gegen das System auf«, sagte Peymann, während er heimlich an einer Zigarette zog, »macht Sitzblockaden, diskutiert mit dem Lehrer, bleibt standhaft und geht bis zum Äußersten.«

Die gesamte Pause diskutierten wir das durch und kamen zu dem Schluss, im Matheunterricht zu streiken. Wir wollten uns nicht am Unterricht beteiligen, sondern immer dann, wenn Herr Düster einen von uns aufrufen würde, sagen, dass Peymann keine Sechs bekommen dürfe.

»Die anderen werden sicherlich auch mitmachen«, meinte ich, denn war es nicht großartig, jemandem helfen zu können? Wir fühlten uns gut in der Solidarität mit Peymann und gingen geschlossen in den Unterricht, bereit, für ihn bis zum Äußersten zu gehen.

Natürlich war ich es, den der Mathelehrer als Ersten aufrief. Ich stellte mich hin und sagte: »Nein.«

»Nein? Wie meinst du das, Paul?«

Herr Düster schien sich zu amüsieren, was man bei ihm nicht sofort erkennen konnte. Er war einer dieser Frankfurter, die, wenn sie lächelten, aussahen, als hätten sie in eine Zitrone gebissen.

»Ich werde mich nicht am Unterricht beteiligen«, sagte ich, »ich will, dass Peymann keine Sechs bekommt.«

Boris zwinkerte mir zu. Super, sollte das heißen. Ich

zitterte vor Aufregung. Der Lehrer aber blieb erstaunlich ruhig.

»Ich schätze es sehr, Paul, wie du dich für deinen Klassenkameraden einsetzt. Solidarität ist wichtig.«

Das fühlte sich ausgesprochen gut an.

»Aber wo ist er denn, für den du dich starkmachst?«

Ich schaute mich um. Peymanns Stuhl war frei. Er war gar nicht da.

»Trotzdem«, sagte ich mit nicht mehr ganz so fester Stimme.

»Gut«, sagte Herr Düster, »dann mach ich dir folgenden Vorschlag. Peymann bekommt deine Note, eine Zwei, nicht wahr? Und du bekommst seine Sechs. Einverstanden?«

Das lief hier irgendwie aus dem Ruder, ich überlegte angestrengt weiter. War das fair oder fies?

»Einverstanden, Paul?«

»Moment noch, Herr Düster.«

Und dann hatte ich die zündende Idee.

»Wenn sich noch jemand mit Peymann solidarisiert, teilen wir einfach Peymanns Note auf.«

Ich hoffte natürlich auf Boris. Er hatte auch eine Zwei. Ich hätte keine Sechs, und Peymann wäre gerettet. Bis zum Äußersten gehen! Und Boris stand tatsächlich auf.

»Ich mache mit, Herr Düster.«

»So«, meinte der nur, und wir sahen ihm an, dass er angestrengt nachdachte.

»Sechs plus zweimal zwei macht zehn«, rechnete ich ihm vor, »geteilt durch drei ist das eine Drei-Komma-drei-Periode, also kriegt jeder von uns eine Drei minus.«

Da öffnete sich die Tür. Peymann. Als er Boris und mich so rumstehen sah, wusste er gleich Bescheid.

»Guten Morgen«, sagte er höflich zum Lehrer und zu den anderen: »Hey, Leute, ich bin enttäuscht. Sieht so

Solidarität aus? Ihr müsst *alle* für mich eintreten. Bis zum Äußersten. Bedingungslos.«

Aber niemand stand Boris und mir bei. Henning-Johann-und-so-weiter verdrehte die Augen und streckte mir die Zunge raus. Verena schluchzte kurz auf. Ich setzte mich wieder hin. Bedeutete »bis zum Äußersten« wirklich »bedingungslos«? Darüber musste ich nachdenken. Boris setzte sich ebenfalls wieder hin.

»Was ist? Paul? Boris?« Herr Düster sah uns fragend an.

»Können wir das Ganze nicht beim nächsten Mal besprechen«, schlug Boris vor.

»Oh Mann, Leute«, sagte Peymann, »entweder ihr seid ein Teil des Problems oder ein Teil der Lösung. Dazwischen gibt es nichts. Das kann doch nicht so schwer sein!«

Das hatte ich doch schon mal gehört?

»Man muss für sich selbst einstehen«, sagte unser Mathelehrer. »Solidarität ist gut, aber man muss sie sich auch verdienen.«

»Arschloch«, sagte Peymann zu ihm. Als er rausging, wiederholte er an uns alle gerichtet: »Arschlöcher!«

Ich fühlte mich schlecht. Ich war ratlos. Hatten Boris und ich das Falsche gemacht? Entweder gar nicht erst aufstehen oder bis zum Ende stehen bleiben. Das wäre richtig gewesen. Halbe Solidarität gab es nicht. Bis zum Äußersten? Das klang richtig. Aber bedingungslos? Ich suchte nach Beispielen, wann sich Peymann wirklich mal für andere und nicht nur für sich selbst eingesetzt hatte. Ich fand keine. Aber das machte es auch nicht besser.

*

Später, während des Englischunterrichts, rannten plötzlich einige meiner Klassenkameraden an die Fenster und schauten nach draußen. Als ich ebenfalls hinging, sah ich wie unzählige Schüler aus allen Fenstern auf den Schulhof starrten. Dort unten stand Vater und brüllte meinen Namen.

»Paul! Komm runter, Paul!«

War das peinlich! Ich hätte mich am liebsten verkrochen. Warum tat er das? Unser Englischlehrer sagte ganz sanft »Nun geh schon« zu mir. Boris klopfte mir mitfühlend auf die Schulter. Vielmehr beugte ich mich herunter, damit er drankam. Henning-Johann-und-so-weiter wollte etwas sagen, das sah ich ihm an, aber ich war schon draußen, bevor ihm etwas eingefallen war.

»Haha, mein Sohn, mein geliebter Sohnemann«, rief Vater. Unter den Blicken aller Schüler und Lehrer umarmte er mich so heftig, dass wir fast hinfielen.

»Komm, wir müssen gehen!«

Er nahm meine Hand und zog mich durch das Schultor.

»Wo gehen wir denn hin?«

»Zum Waldstadion. Lass dich nicht so ziehen.«

»Was wollen wir denn da?«

»Na, Mensch, was schon? Ich muss die sprechen. Jürgen und Bernd. Muss ich sprechen.«

»Aber sie waren doch bei dir im Salon zum Haareschneiden.«

»Ehm nicht. Hörst du? War'n nicht da.«

Er hatte sich kaum noch unter Kontrolle. Was sollte ich nur tun?

»Komm, Dad, lass uns nach Hause gehen!«

»Nix da! Wir nehm'n Taxi.«

An der Bockenheimer Landstraße fuhren einige Taxis an uns vorbei, bis sich eines erbarmte. Eine halbe Stunde später ließ der Fahrer uns mit angewidertem Blick am Waldstadion raus. Trotzdem: Vater gab ihm ein großzügiges

Trinkgeld. Er war halt ein Mann mit Würde, in jeder Situation. Die Tore zum Waldstadion waren geschlossen, aber dann fanden wir eine Klingel mit Gegensprechanlage.

»Ja, bitte«, krächzte eine Stimme, nachdem Vater Sturm geläutet hatte.

»Ich will zum Jürgen. Und zum Bernd. Neumann mein Name. Ich bin der Friseur.« Vater hatte das alles sehr nüchtern und autoritär ausgesprochen, fand ich, aber die Stimme klang nicht überzeugt.

»Kenne ich nicht. Verschwinden Sie!«

»Hör mal zu, du Arschgesicht. Du machst jetzt sofort das Tor auf, sonst …«

»Sonst was?«

»… sonst«, und da wurde Vaters Stimme auf einmal irgendwie charmant, »machen wir eine Sitzblockade.«

»Das dürfen Sie nicht! Hören Sie? Der Mannschaftsbus kommt gleich.«

»Und ob ich das darf«, rief Vater, und mir flüsterte er zu: »Hörst du, der Mannschaftsbus. Los, wir setzen uns hin.«

Wir setzten uns mitten auf die Fahrbahn. Vater verschränkte meine Arme mit seinen Armen.

»Hoch die internationale Solidarität«, sagte Vater leise. Beim zweiten Mal wurde seine Stimme kräftiger. Beim dritten Mal rief auch ich mit, bis wir die Lust verloren. Dann probierte ich etwas Neues.

»Ho-Ho-Ho-Chi-Minh – Hi-Hi-Hitzefrei.«

Das hatte ich vom Peymann. Aber Vater fand es nicht lustig.

»Lass das mal deine Mutter hören. Du weißt doch, wie sie sich politisch engagiert.«

»Weiß sie eigentlich, wo wir sind?«

Ein kleiner Hoffnungsschimmer kam auf. Wenn ich ihn an Mutter erinnerte, könnte er vielleicht wieder normal werden. Vater schüttelte den Kopf. Seine Stimme hörte sich leicht wütend an.

»Deine Mutter ist nach Wittlich gefahren. Keine Ahnung, wo das liegt. Bruder Kolja hat irgendeine Lieferung dahin, und sie wollte ihn begleiten. Morgen ist sie dann wieder zurück.«

Und dann näherte sich der Bus. Er blieb stehen und hupte. Wir blieben, wo wir waren. Der Bus hupte nochmals und rollte langsam auf uns zu.

»Da stimmt was nicht«, sagte Vater. Ich konnte ihm nur zustimmen.

»Bitte, Dad! Lass uns gehen.«

»Wartdochmal, wartdochmal, wartdochmal.« Er zeigte auf eine Fahne am Bus. Sie war rot-weiß.

»Na klar, das sind die Polen!«

Wie zur Bestätigung kletterte nun ein Mann in einem grauen Anzug aus dem Bus und redete in einer fremden Sprache auf uns ein.

»Nix da«, sagte Vater, »wir bleiben sitzen.«

Wieder ließ der Mann fremde Wörter auf uns niederprasseln, dieses Mal hörten sie sich an wie Schimpfwörter.

»Du kannst mich mal!«, rief Vater. »Wir lassen euch da nicht rein!«

Der Mann griff in seine Jackentasche und holte ein paar Stücke Papier heraus. Die streckte er uns entgegen.

»Wir wollen deine blöden Złoty nicht. Hau ab!«

Und dann ging alles sehr schnell. Aus dem Bus stiegen ein paar Spieler aus. Sie packten uns an den Armen und Beinen und trugen uns zur Seite. Der Mann in dem Anzug starrte uns böse an. Verächtlich warf er die Papiere vor uns auf den Boden. Der Bus fuhr an. Der Bus fuhr fort. Und nachdem das Tor wieder zu war, fand Vater seine Stimme wieder.

»Na, da soll mich doch der …«

»Schau mal, Dad«, rief ich und hielt ihm die Zettel hin. Drei Eintrittskarten für das Spiel am nächsten Tag. Hatte der uns einfach geschenkt! Dann ging mir durch den Kopf, dass ich Vater schon wieder »Dad« genannt hatte. Schon das dritte Mal. Ach, Boris, was hast du mir da nur für einen Floh ins Ohr gesetzt!

*

Es wurde schon langsam dunkel, als sich vor uns endlich eine Lichtung auftat.

»Hier wollen wir hin.«

Seitdem wir das Stadion verlassen hatten, waren wir durch den Stadtwald gelaufen, Vater vorneweg, ich hinterher. Am Goetheturm hatte er mir ein Eis gekauft und sich selbst »zwei, drei, sechs Bierchen«. »Ich hasse Apfelwein«, hatte er den Wirt bei jeder neuen Bestellung angeschnauzt. Der aber hatte gar nichts gesagt, sondern nur dumm geguckt. Und dann waren wir weitermarschiert, bis sich vor uns ein großer Hügel auftat.

»Warst wohl noch nie hier, was? Na, wird höchste Zeit.«

Wir kletterten den steilen Hang hoch, was anstrengender war, als ich gedacht hatte. Oben angekommen, sahen wir die Dächer von Frankfurt, den Dom, die Hochhäuser, den Henninger Turm und was weiß ich noch alles.

»Das hier ist der Monte Scherbelino«, sagte Vater, als er wieder zu Atem gekommen war, »die haben hier nach dem Zweiten Weltkrieg die ganzen Trümmer aufgeschüttet. Schön, was?«

Die Aussicht war toll, besonders als die Sonne sich dem Horizont näherte. Keine Wolke war zu sehen, nur ein strahlend blauer Himmel, der sich langsam rötlich färbte.

»Und was wollen wir hier?«

»Mensch, kannste dir doch denken. Los, wir suchen Holz.«

Oben auf dem Hügel gab es keins, also gingen wir mehrmals wieder runter in den Wald und schleppten so viele Äste hoch, wie wir tragen konnten. Die Sonne war schon fast untergegangen, als Vater feierlich eine Streichholzschachtel hervorholte, sie öffnete, ein Streichholz herauszog und es anzündete. Er wartete kurz, bis es gut brannte, und legte es vorsichtig unter einen kleinen Haufen trockener Blätter. Ziemlich schnell stand der Holzhaufen lichterloh in Flammen.

»Und jetzt?«

»Jetzt warten wir.«

Es wurde richtig dunkel, und nachdem das Feuer heruntergebrannt und nur noch Glut zu sehen war, zog Vater seine Schuhe aus.

»Du auch.«

»Was?!«

»Die Schuhe. Zieh sie aus. Und die Socken. Mach schon.«

»Aber warum?«

»Weil wir jetzt – mein Gott, ich mach das doch auch zum ersten Mal – weil wir jetzt den Regentanz machen!«

Er war verrückt geworden, so viel war klar. Aber manchmal muss man für einen anderen bis zum Äußersten gehen. Auf ihn vertrauen. Bis zum bitteren Ende. Und was meinen Vater betraf: sogar bedingungslos. Ich liebte meinen Vater. Also zog ich meine Schuhe aus. Und meine Socken. Vater und ich, wir standen barfuß im Gras.

»Und jetzt?«

Vater fuhr sich durch das Haar und roch an seinen Fingern.

»Gute Frage.«

Fast glaubte ich, er wäre durch das kühle, feuchte Gras an den Füßen wieder nüchtern geworden und wir würden jetzt unsere Schuhe anziehen, nach Hause gehen und ins Bett fallen. Ich war müde. Und fürchtete mich ein wenig.

»Jetzt das Hemd«, sagte Vater plötzlich und zog es sich aus.

»Und die Hose. Zur Sicherheit.« Und danach kam die Unterhose dran, und wir standen nackt da. Auf dem Monte Scherbelino. Mitten in der Nacht. Bei einem Feuer, das noch glühte. Es war ganz still. Nur ab und zu knackte etwas. Vater sah wild aus. Die Augenhöhlen waren ganz dunkel. Auf seiner Haut spiegelte sich rötlich die Glut.

»Ich habe so was doch auch noch nie gemacht«, sagte er leise.

Dann holte er tief Luft und ging los, über die Glut mit nackten Füßen, so als würde er ganz normal über eine Straße gehen. Na ja, vielleicht etwas schneller. Drei Schritte durch die Glut, und dann war er auf der anderen Seite des Feuers. Er drehte sich langsam zu mir um, lächelte glücklich, hob eine Faust und sagte: »Regen!«

Dann ging er wieder durch das Feuer, stand neben mir, hob die Faust und sagte nun etwas lauter: »Regen.«

Er nahm meine Hand, und wir gingen zusammen durch die Glut, und wir riefen: »Regen!«, als wir drüben waren. Es hatte überhaupt nicht weh getan! Und wieder durch die Glut. »Regen!« Und wieder. »Regen!« Immer wieder liefen wir durch das Feuer und brüllten lauthals.

*

Mein Friesennerz war mir mittlerweile zu klein geworden, deswegen trug ich den von meiner Schwester. Es war halb vier. Der Regen hatte aufgehört. Jetzt kam die Sonne raus. Wir standen bei unseren Sitzplätzen, umgeben von polnischen Fans. Auf dem Rasen waren unzählige Menschen damit beschäftigt, das Wasser vom Spielfeld zu entfernen. Manche schoben schwere Walzen vor sich her, die das viele Regenwasser zur Seite drückten. Einer zog mit einer Art Wagen die Linien nach.

Vater hatte es geschafft! Wir hatten es geschafft. Gegen Mittag hatte es zu regnen angefangen. Ein Wolkenbruch, hatte einer in der Schule gesagt. Genau das richtige Wort dafür, und ich liebte es. Zusammen mit Boris war ich durch den Regen gerannt.

»Jetzt haben wir eine Chance«, hatte ich gebrüllt, und Boris: »Finale!« Ich hatte ihm die dritte Karte versprochen. Mutter hatte verzichtet, nachdem wir ihr, als sie morgens zur gleichen Zeit wie wir nach Hause gekommen war, von unserem Abenteuer berichtet hatten. Sie und Vater waren sofort ins Schlafzimmer gegangen, aber sie hatten sich nicht gestritten. An der Tür lauschend hatte ich nur gehört, wie Mutter Worte wie »Hungerstreik« und »bedingungslos« geflüstert hatte. Seltsam. Was hatte sie da nur gemacht, in Wittlich?

Umgeben von schimpfenden polnischen Fans sah ich, wie Vater sich Sorgen machte.

»Hoffentlich haben wir es nicht übertrieben.«

»Wie meinst du das?« Vater war doch der Held! Ich zweifelte keinen Moment an dem Erfolg unseres Regentanzes.

»Na, wenn sie jetzt das Spiel absagen müssen … dann war alles umsonst.«

Dann kam die Durchsage, dass man das Spiel um mindestens eine halbe Stunde verschieben werde.

»Ob das reicht?«

Dann stupste Boris mich an. Erst zaghaft, aber dann immer lauter rief er: »Feuerwehr«, und Vater und ich riefen mit. Einer der polnischen Fans erklärte den anderen, was wir riefen, und so brüllte bald unser ganzer Block nach der Feuerwehr. Und dann kam sie tatsächlich. Wir applaudierten. Schläuche wurden ausgepackt und ausgerollt, und Pumpen auf den Rasen getragen.

»Jetzt klappt's bestimmt«, munterte ich Vater auf.

»Vielleicht sollten heute lieber alle in Gummistiefeln spielen«, gab er mürrisch zurück.

Wir sahen, wie der Schiedsrichter den Rasen betrat, hin und her lief, in Pfützen patschte und schließlich nickte. Kurz darauf kamen Soldaten der Bundeswehr auf den Rasen. Sie hatten Musikinstrumente dabei.

»Die blasen jetzt das restliche Wasser weg.«

Ich lächelte. Vaters Krise war anscheinend überwunden. Er hatte seinen Humor wiedergefunden. Ich schaute auf die große Anzeigetafel.

»Wieso heißt es eigentlich Polen gegen BRD? Wir sind doch in Frankfurt.«

Einer der polnischen Fans hatte mich verstanden und erklärte mir dieses komplizierte System, dass sie Erster in ihrer Gruppe geworden seien und die Deutschen nur Zweiter in der anderen.

»Und deswegen haben wir ein Heimspiel im Waldstadion, in Deutschland.«

»Trotzdem werden wir euch schlagen«, rief Vater ihm selbstbewusst zu. Doch der Pole lachte nur.

»Gutes Spiel«, sagte er zu Vater, dann gaben sie sich feierlich die Hand.

Die Spieler kamen aufs Feld, angeführt von den drei Schiedsrichtern. Die Deutschen trugen blau-weiße Trainingsjacken. Die Polen waren komplett in Rot gekleidet.

»Wir sind halt Kommunisten«, sagte der Pole zu uns. Zuerst spielten die Soldaten die polnische Nationalhymne, ganz leise, aber die Polen um uns herum sangen beherzt mit.

»Die müssen alle mal zum Friseur«, flüsterte Vater mir zu, »schau doch, der Torwart benutzt sogar einen Haarreif. Also ein Haarnetz wäre da besser.«

Bei der deutschen Hymne gaben die Bundeswehrsoldaten alles, aber nicht einer von den Spielern sang mit. Als sie fertig waren, brandete ein unglaublicher Lärm auf. Man tauschte Wimpel am Anstoßpunkt, Breitner zog sich die Stutzen runter, und los ging's.

Zwischen den polnischen Fans hindurch konnte ich manchmal etwas erspähen, wie zum Beispiel die erste Chance von Hoeneß, der einen Freistoß durch die Mauer schoss, aber der Torwart konnte halten. Dann folgten pausenlose Angriffe der Polen, aber entweder wurden sie durch die Wasserpfützen gestoppt oder von Sepp Maier. Immer wieder sprangen die Polen um uns herum auf und versperrten Boris und mir die Sicht. Aber es war auch so aufregend genug. 0:0 zur Pause. Vater war erleichtert.

»Die halbe Miete«, sagte er zu mir, »Unentschieden würde uns reichen, aber man soll nie darauf spekulieren.«

»Wieso denn unentschieden?«, fragte ich.

»Mann, zweite Gruppenphase«, rief Boris. Als würde es das erklären.

Gleich zu Anfang der zweiten Halbzeit passten Hölzenbein und Breitner sich mehrmals zu, dann rannte Hölzenbein in den Strafraum und – aber das konnte ich wieder nicht sehen – wurde von den Beinen geholt. Elfmeter. Jetzt standen alle, Vater nahm mich auf die Schulter. Hoeneß legte sich den Ball zurecht.

»Das wird nichts«, sagte Vater, »das wird nichts.«

Er wendete sich ab und somit blöderweise auch mich. Aber Boris bekam mit, dass Hoeneß genau in die Mitte des Tores schoss. Für Tomaszewski war es ein Leichtes gewesen, den Ball zu halten.

Kurz darauf war es wieder Hölzenbein, der aber kickte den Ball in die Wolken, und dann »Eisenfuß« Bonhof … wieder gehalten.

Die deutsche Mannschaft war mittlerweile die bessere, aber der Pole neben uns, sagte, dass es nur eine Phase sei. Eine Phase. Was sollte das jetzt bedeuten? Ich musste noch viel lernen. Und dann machten die Deutschen wieder einen Vorstoß, Bonhof lief mit dem Ball in den Strafraum, er blieb hängen, aber der Ball kam zu Müller, und der »verlud« den Torhüter: Der Ball war im Tor. 1:0!

»Jetzt brauchen wir unbedingt Regen«, sagte Vater, »schaut doch, der Platz ist schon fast wieder trocken.«

Und dann fing er an, ganz leise »Regen!« zu rufen, wie auf dem Monte Scherbelino, und Boris und ich, wir riefen es auch. Die Polen schauten uns verwirrt an. Ich konnte verstehen, dass sie nicht einstimmten. Aber das war auch gar nicht notwendig. Vater hatte momentan einfach den direktesten Draht zum Himmel, den es überhaupt geben konnte, und so fing es wieder zu regnen an, es blitzte und donnerte, und den Rest besorgte Sepp Maier.

»Wie bist du eigentlich auf den Regentanz gekommen?«, fragte ich Vater, als wir nach Hause gingen.

»Ach das«, sagte er, »du weißt doch, dass ich gerade dieses dicke Buch lese. *Zettels Traum*. Natürlich steht da nichts von Regentänzen drin. Aber irgendwie hat es mir gezeigt, wie die Dinge voneinander abhängen, wie sie miteinander verwoben sind. Das ist wie bei einem Motor. Wenn man an einer Schraube dreht, läuft er besser oder schlechter.«

»Was erzählt dein Vater da?«, flüsterte mir Boris zu.

»Er hat den Regen gerufen.«

»So einen Blödsinn habe ich mein Lebtag noch nicht gehört. Es stand doch schon vor Tagen in der Zeitung, dass es heute regnen würde.«

Ich zuckte nur mit den Schultern. Vater war es. Und das Buch. Ich würde es lesen. Unbedingt. Morgen in der Nacht.

*

Ich versuchte meine Augen offen zu halten. Jemand hatte mir mal erzählt, dass man am besten wach bleibt, wenn man unbedingt einschlafen möchte. So murmelte ich stundenlang: »Ich bin müde, ich bin müde.«

Die anderen gingen zu Bett, ich wartete auf Mutter und meine Schwester, die – Mädchenblase – immer noch einmal pinkeln mussten. Dann war alles still.

Ich schlich mich ins Wohnzimmer und klemmte mir das Buch unter den Arm. Das war so einfach, dass ich mich beherrschen musste, nicht zu kichern. Was hatte ich nicht alles versucht, und nun: kinderleicht! Doch es dauerte, bis ich mein Zimmer erreicht hatte, das Gewicht des Buches zwang mich zu längeren Pausen. Mich überkam dabei das Gefühl, als wolle es von mir nicht gelesen werden und mache sich deswegen extra schwer.

Endlich saß ich im Bett, zog die Decke über die Beine und legte die Kassette darauf. Langsam zog ich das schwere

Buch heraus und betrachtete den Einband. Ich hatte es geschafft. Ich hielt das Buch in der Hand. Geheimnisse – ich komme!

Vorsichtig beugte ich mich nach vorn und schnupperte an dem Einband. Er roch nach der Knete, mit der wir im Kindergarten gespielt hatten. Ich fuhr mit den Händen drüber und spürte das Papier. Das Gewicht lastete schwer auf meinen Beinen, es kribbelte ein bisschen. Was mochte das für ein Mensch sein, der so ein großes und schweres Buch schreiben kann? Arno Schmidt hörte sich ziemlich normal an, sogar ein bisschen langweilig. Bestimmt trug er eine Brille und hatte einen riesigen Kopf. Schütteres Haar, fiel mir ein. Ja, er könnte schütteres Haar haben, denn bestimmt hatte er es sich jahrelang gerauft, während er die Weisheiten der Welt aufgeschrieben hatte. Wieder strich ich über das Papier. Schlag es doch einfach auf, sagte ich zu mir …

Ich kam mit dem Buch nicht weiter. Donald Duck auf einem Cover brachte mich sofort dazu, es zu lesen. Bei Mutters Kochbüchern wusste ich ohnehin, was drinstand. Dieses Buch aber sprach nicht zu mir. Ich konnte nicht fühlen, was beim Umblättern auf mich zukäme. Höchst mysteriös war das alles, und das war nur allzu logisch. Darin musste es von Geheimnissen und Lebensweisheiten nur so wimmeln, und ich könnte auf einen Schlag weise und erwachsen werden. Warum zögerte ich? Obwohl die Müdigkeit sich bleiern auf mich legte, schlug ich das Buch auf. An irgendeiner Stelle …

So etwas hatte ich noch nicht gesehen: Der Text stand in der Mitte jeder Seite, rechts und links waren Anmerkungen eingeschoben. In den Texten waren wahllos Satzzeichen eingefügt, manchmal war ein Wort groß, manchmal falsch geschrieben. Ich fühlte mich viel zu müde, um das zu begreifen. Ich entdeckte den Namen Wilma und machte leise »Aha«. Einen Satz las ich dann doch: *»'ch lüg so oft; um 26 Ekkn rum; bis Ich nich mehr kann.«*

Das hätte ich mir nie träumen lassen, so etwas in einem Buch zu lesen. Das war Anarchie! Der Text überforderte mich. Ich schlief ein …

Am frühen Morgen weckte mich ein stumpfer Schmerz. Ich fühlte mich wie angekettet. In Panik schubste ich das Gewicht, das auf mir lastete, weg.

Aber was war mit meinen Beinen los?

Ich spürte meine Beine nicht mehr! Ich ließ mich aus dem warmen Bett fallen und robbte zur Zimmertüre. Hilfe! War ich behindert? Mein restliches Leben = im Rollstuhl? Ich wollte: sterben.

Mutter nahm mich in die Arme. Vater umkreiste uns besorgt und murmelte etwas von Polio. Der Spruch »Schluckimpfung ist süß – Kinderlähmung ist grausam« stand auf jeder Litfaßsäule + Werbespots liefen im Fernseher, »dem Teufelswerk«, bei denen 1 tiefe Männerstimme diesen Satz als ›Warnung!‹ aussprach. Als ich begriff, was Vater murmelte, schrie ich noch lauter als zu*vor*. In der Schule sollten wir doch erst *nach* den Sommerferien Würfelzucker mit dieser Medizin schlucken! Ich war – übel, übel – nicht geimpft!

»Hol den Notarzt«, entschied Mutter zu Vater.

Vater: »Ja.«

Mutter: »Los. Trimm dich!«

Vater fegte ab. Sie trug mich ins Wohnzimmer/die »gute Stube«. Sie legte mich auf das Sofa/das »gute Stück«.

Doch trotzdem und wie-auch-immer: Meine Beine fingen an zu kribbeln: Es war kaum zum Aushalten. Das brachte mir endgültig Gewissheit: Amputation oder Tod _ _ _

»Isdochnichschlimm«, hörte ich im Geiste Boris sagen, »Hast du halt keine Beine mehr. Ich nehm Dich auf Meine Schultern und Wir erobern die Welt!«

Während wir (Muddervadderschwesderisch) auf den Noth-Arzt warteten und warteten, ging das schmerzhafte & kitzelnde Kribbeln in warmes Strömen über, was darauf hinwies, dass durch die eingeschlafenen Beine wieder rechtschaffenes Junges (= meins) Blut peppte.

Es erforderte meine ganze Überzeugungskraft, dem »guten Sama-Ritter« in der Weißen Kleidung zu beweisen, dass mir – »dem armen Jungen!« – nicht einfach nur die Beine eingeschlafen waren, weil – jaja – ein 10 Kilo schweres Buch die ganze Nacht auf ihnen gelegen, sondern dass der Tod wirklich (!) mit mir gerungen hatte.

Ob er meinen schrägen Ausführungen wirklich Glauben (= macht seelich) schenkte? Ich wusst's nicht. »Ein heißes Bad, ein heißes Bad, ein heißes Bad«, empfahl er Mutter mit einem Augenzwinkern, das ich – sehr wohl! – registrierte. Das würde mich wieder »auf die Beine – haha« bringen. Mutters noch vorhandener Wille, ihrem Liebling Glauben (= macht seelich) zu schenken, erlitt einen Dämpfer, als Vater (der (auf der Suche nach der Ursache (meiner Panik)) mein Zimmer durchsucht hatte) mit seinem geliebten Buch (zurück (ins Wohnzimmer)) kam und es, ohne ein Wort zu verlieren, wieder: AUF DAS OBERSTE BRETT DES REGALS legte. Sissiphus: Ick grüße dir!

Niemand hatte mehr Lust, wieder ins Bett zu gehen, »obwohl es ja noch arg früh ist«, und so wurde ich – unter erfolglosem Protest – in die ha!-heiße Badewanne gesteckt, um meinen Blutkreislauf wieder in die Gänge zu bringen.

»NBNMS«[*], rief mir meine Schwester hinterher.

Auch Mutter war – noch – nicht wieder bereit, mich = wie ihren geliebten kleinen Sohn zu behandeln. Sie (nicht in der Badewanne liegend) ließ mich, in der Badewanne liegend, allein und verzichtete auf alle Reinigungsrituale, die sie mir sonst, in der Badewanne liegend, immer antat.

Ich blieb zwei Stunden in der Lauge und schämte mich. Meine Haut = schrumpelig = was spannend war. Das Wasser hingegen = kälter & kälter = was töricht war. Ich stieg zitternd aus der Wanne, kam mit blauen Lippen aus dem Badezimmer und wurde – »Aber sofort!« – ins Bett gesteckt.

*

Ich lag im Bett, verschrumpelt, erkältet und verbittert. Die Aussicht, weiter in dem geheimnisvollen Buch zu lesen, war dahin. Es lag wieder, mit stillschweigendem Einverständnis von Mutter, oben auf dem Regal. Aber ich hatte es immerhin geschafft, das Buch aufzuschlagen. Einen Blick hineingeworfen. Richtig gelesen hatte ich es aber nicht.

Und doch hatte sich etwas verändert. Eine Tür hatte sich aufgetan, und das Erlebnis mit den eingeschlafenen Beinen hatte ich unter dem Einfluss des Buches auf neue, unbekannte Art und Weise – mit Klammer auf, Klammer zu, Gleichheitszeichen und so weiter – durchgestanden. Aber war es tatsächlich das Buch, das meine Wahrnehmung beeinflusst hat? Ich war ratlos. Dann fiel es mir ein.

Diese Satzzeichen! Die und dieser Spruch *»'ch lüg so oft; um 26 Ekkn rum; bis Ich nich mehr kann«* waren mir in Erinnerung geblieben. Ich empfand Hochachtung für

* »Nimm bloß nicht mein Schaumbad!«

den Autor: Arno Schmidt. Ich hätte nie geglaubt, dass man Satzzeichen verwenden durfte, wie man wollte, dass man ihnen einen neuen Sinn geben konnte, dass sich dadurch der Blick auf die Welt veränderte. Wer sich so etwas ausdenkt, der muss sie verstanden haben: die Welt und all das, was wir Menschen tun. Die Fußballweltmeisterschaft interessierte mich nicht mehr. Dass zweiundzwanzig Männer einem Ball hinterherrennen! Zu gerne hätte ich gewusst, was es mit den 26 Ekkn auf sich hatte.

Doch zugleich war das denkbar Schlimmste eingetreten: Mein Ruf, ein intelligenter Junge zu sein, wurde von meiner Familie angezweifelt. Eingeschlafene Beine und die verschrumpelte Haut eines erkälteten Körpers hatten mich um Jahre zurückgeworfen. Dass meine Eltern sich nach der Keilerei und dem ganzen Theater um den Fußball irgendwie wieder zusammengerauft hatten, war der einzige Trost. Doch auf wessen Kosten?

Ich würde weglaufen, nach Amerika gehen, Karriere machen und als Held wiederkehren. Aber ich wusste nicht genau, was ich eigentlich in Amerika wollte, und darum ließ ich den Gedanken – so verlockend er auch war – fallen. Zudem wäre weglaufen genau das, was man von einem innerlich verletzten Jungen erwarten würde. Eine weitere Niederlage konnte ich mir in meinem jetzigen Zustand nicht leisten.

So suchte ich verzweifelt nach einer anderen Lösung, wie ich zumindest wieder das Ansehen erreichen könnte, das ich vor diesem blödsinnigen Ruf nach dem Notarzt hatte. Vom vielen Denken bekam ich Kopfschmerzen. Mir wurde schlecht. Ich lief ins Badezimmer und kotzte.

Mutter brachte mich wieder ins Bett. Sie fühlte besorgt meine heiße Stirn und fragte, ob sie etwas Gutes für mich tun könne. Die Frage dotzte in meinem Kopf hin und her und fand endlich den Weg zu meiner Zunge.

»Das Buch«, flüsterte ich.

»Was für ein Buch?« Mutter schaute sich ratlos im Chaos meines Zimmers um.

»*Zettels Traum*. Bring mir Vaters Buch. Bitte!«

Ich legte den kläglichen Rest an Charme, den ich in mir finden konnte, in dieses abschließende »Bitte!«. Mutter sagte nicht einmal etwas. Sie schüttelte nur den Kopf, suchte auf meiner Stirn nach weiteren Anzeichen einer Erkrankung und meinte, sie würde mir eine Hühnerbrühe bringen.

*

Hühnerbrühe war seit Generationen das Allheilmittel unserer Familie. War jemand krank: Hühnerbrühe. Völlegefühl: Hühnerbrühe. Selbst bei schlechter Stimmung: Hühnerbrühe. Sie half wirklich und hatte nur eine, aber entscheidende Nebenwirkung: Man musste – je nach Dosierung – oft auf die Toilette.

Der längste Tag des Jahres war gerade vorbei, doch nicht nur wegen der Helligkeit, die an diesem Abend herrschte, war ich noch wach, sondern weil ich dringend pinkeln musste. Danach entdeckte ich im Badezimmerspiegel mein vom Fieber aufgedunsenes Gesicht. Ich sah zwar aus wie ich, aber irgendwie auch nicht: verformt, verschlafen, wie Vater nach einem Sit-in. Aus der Küche hörte ich Stimmen. Ich wollte hin und ein wenig jammern, wie schlecht es mir gehe, und mich mit ihnen gemeinsam darüber wundern, dass man das sogar am Gesicht ablesen könne.

»Er ist so … seltsam geworden«, hörte ich meinen Vater sagen.

»Er nervt«, sagte meine Schwester.

»Er ist doch noch so klein«, sagte meine Mutter.

Wer? Ich? Ich hockte mich in den Flur und lauschte. Die drei saßen beim Abendbrot und unterhielten sich. Über mich.

»Ständig will er in meinem Buch lesen«, beschwerte sich Vater.

»Er hat es nicht leicht als Kleinster, und ihr helft ihm ja auch nicht gerade. Und über das Buch würde ich an deiner Stelle kein Wort mehr sagen.«

Mein Herz pochte, weil mir so etwas noch nie passiert war: dass andere über mich redeten!

»Dass du ihn immer verteidigen musst«, rief meine Schwester.

»Tu ich doch gar nicht«, sagte Mutter, »manchmal kommt er mir viel älter vor, als er ist, dreizehn …«

»Quatsch!«

»…oder so, aber einen Moment später verhält er sich, als wäre er gerade acht. Allein wie sein Zimmer aussieht.«

»Präpubertär. Ein schlimmes Alter. Aber hör auf deine Mutter. Sie meint es doch nur gut«, sagte Vater.

Mutter meinte es »nur gut«? Was sollte das heißen? War das so etwas wie »Nur«-Onkel Rolf?

»Er ist halt schon ein bisschen … wild«, sagte Mutter.

»Wild?«, rief meine Schwester hysterisch, »er ist nicht wild, er ist … wild. Na gut, ist er halt wild. Und denkt nur an sich!«

»Aber er ist auch ein lieber Kerl«, sagte Mutter.

»Stimmt«, sagte Vater, »manchmal ist er ganz lieb.«

»Jaja, schon gut«, sagte meine Schwester, »ich mag ihn ja auch.«

Ich ging leise in mein Zimmer zurück und stieg ins Bett. Ich zog die Decke über mein Gesicht, bis es mir zu heiß wurde. Tagsüber hatte ich noch an Weglaufen gedacht und mich selbst davon überzeugt, dass das Unsinn sei. Doch das, was ich gerade gehört hatte, war wie ein Signal zum Aufbruch.

Sicher, meine Schwester nervte, und manchmal war ich auch meines Vaters überdrüssig, von Mutter ganz zu schweigen, aber mein Grundgefühl zu ihnen war bedingungslose Liebe. Das saß ganz fest in meiner Brust, ich würde sie mit meinem Leben verteidigen, keine Frage.

Aber sie? Sie mögen mich ja auch, sie meinen es doch nur gut mit mir, manchmal bin ich ganz lieb. Das und dieses ewige »Noch so klein«-Sein waren definitiv nicht das, was ich kranker Junge erwartet hatte. Doch wenn drei Menschen diese Auffassung über einen vierten hatten, dann musste es wohl an dem vierten liegen.

Mittwoch, 23. Oktober 1974

Liebe Frau Ludwig,

was bin ich müde! Die ganze Nacht über habe ich meditiert. Vipassanā heißt das. Die Schlange auf dem a bedeutet, dass man sich die Nase zuhalten muss, um es richtig auszusprechen. Vipassanā ist eine Meditationspraxis, die Buddha entwickelt hat. Rotraud hat ihn sogar zitiert: *»Nur eines lehre ich, jetzt wie früher: das Leiden und das Ende des Leidens.«*

Aber bevor Sie sagen, mein Gott, jetzt ist der Junge wirklich verrückt geworden, lassen Sie es mich erklären. Ich habe Rotraud gestern Abend zufällig getroffen. Aus heiterem Himmel. Keine Angst, sonst hat mich niemand gesehen, und sie hatte auch keine Ahnung, dass ich weggelaufen bin.

Aber ich musste den Keller verlassen, Lebensmittel besorgen. Ich habe doch mehr gegessen, als ich geplant habe. Und da ich – als der schlechteste Wegläufer aller Zeiten – auch nicht an Geld gedacht habe, blieb mir nur eine Lösung: abends zum Markt auf der Berger Straße gehen. Dort verschenken die Händler alles Obst und Gemüse, das sie nicht verkaufen konnten, an die Obdachlosen. Das bin ich zwar nicht so richtig, aber ich dachte mir, wer ein wenig traurig schaut, wird sicher auch etwas abbekommen.

Es war ein längerer Weg dorthin, den ich nicht gut kannte, und währenddessen schwirrte mir der Kopf. Frau Schellack ist tot. Ich bin schuld. Schuldgefühl. Scrupulus.

»Was machst *du* denn hier?«

Ich fuhr zusammen. Ich hatte vergessen, dass Rotraud auf dem Markt auch einen Stand hat, um über die Gleichberechtigung von Frauen zu informieren, über Homosexualität und den Paragraphen 218. Sie trug ein T-Shirt mit der Aufschrift »Mein Bauch gehört mir!«, was mich kurz an Onkel Rolf denken ließ, und verteilte Äpfel, warum auch immer. In einen hatte sie gerade hineingebissen. Ihr Tonfall sagte mir, dass ich nicht unbedingt willkommen war. Vielleicht macht sich so ein Junge wie ich vor einem Stand wie dem ihren auch nicht so gut. Jedenfalls schien sie nicht zu wissen, dass ich weggelaufen bin.

»Ich habe Scrupulus. Also Schuldgefühle«, platzte ich heraus, um direkt zur Sache zu kommen.

»Wer hat dir denn das eingeredet? Dein Vater etwa?«

Wieder biss sie in den Apfel. Viel Kundschaft hatte sie nicht. Die Leute auf dem Markt waren eher älter und hatten andere Sorgen.

»Onkel Kolja. Wir haben zusammen eine Hochzeitstorte nach Schwanheim gefahren.«

»So? Das sieht ihm gar nicht ähnlich. Hat er den Beruf gewechselt?«

»Nein, aber … ach, es geht doch jetzt gar nicht um ihn, sondern um mich!«

»Schuldgefühle also. Weißt du, im Grunde ist das ein frauenfeindliches Konzept. Siehst du den Apfel? In der Bibel steht, Eva habe Adam den Apfel der Sünde gegeben … ja, du alter Nazi, HÖR NUR GUT ZU! Denn damit wolltet ihr uns Frauen Schuldgefühle einreden. Als hätten wir den Schlüssel zum Paradies weggeschmissen. Aber wer führt denn Krieg? Wer vergast denn Juden? Vielleicht waren auch Frauen dabei, aber es waren vor allem Männer, die das getan haben! Ah … JETZT GEHT ER WEG! … die

Nazizeit«, das sagte sie wieder zu mir, »tut den Kerlen am meisten weh! Da wollten sie mal so richtig die Sau rauslassen, und dann verlieren sie den Krieg!«

Ich hätte mich gerne ganz klein gemacht. So wie damals im Bayerischen Wald wünschte ich mir ein Taschentuch, um es über mein Gesicht zu legen. So kannte ich Rotraud gar nicht.

»Kannst du mir denn gar nicht helfen«, habe ich vorsichtig gefragt. Rotraud aß den Apfel auf, während sie nachdachte.

»Weißt du«, sagte sie dann mit ihrer tiefen, ruhigen Stimme, die ich so gut kenne und liebe, »Schuldgefühle kann man leider nur schwer dadurch wegbekommen, indem man nur darüber redet. Wie bei so einem Apfel. Der ist ja immer noch da, auch wenn man ihn aufgegessen hat.«

Sie klopfte sich auf den Bauch.

»Aber vielleicht kannst du die Perspektive wechseln, also das Problem von einer anderen Seite aus betrachten.«

Sie erklärte mir, was Meditation ist, wer Buddha war und wie sich im Laufe der Zeit dieses Vipassanā entwickelt hat. Ich ließ mir das Wort aufschreiben.

»Aha«, meinte ich, »und wie macht man das?«

Sie schaute mich verwundert an.

»Wie man meditiert? Nun, das muss man lernen. Im Grunde geht es darum, sich vom eigenen Ich zu lösen. Man braucht Ruhe, eine bestimmte Atmung und am besten ein Hilfsmittel, das einem das Sich-Lösen erleichtert. Manche stellen sich vor, auf einem Boot zu sein, das über einen stillen See treibt, oder man denkt an einen rauschenden Bach, es gibt viele Möglichkeiten.«

Klar, der Wasserhahn! Als ich ihn aus Versehen aufgedreht und mich so seltsam benommen habe! Vielleicht habe ich da meditiert, ohne es zu wissen.

»Vipassanã?«

»Vipassanã.«

Scrupulus. Vipassanã. Ich habe letzte Nacht viel Wasser verbraucht, Frau Ludwig. Geholfen hat es nicht. Leider habe ich auch kein Essen erbettelt. Das habe ich durch die Begegnung mit Rotraud vergessen. Zum Glück hat sie mir zwei Äpfel mitgegeben, aber ich weiß nicht genau, ob ich sie wirklich essen soll, nach dem, was sie über Äpfel erzählt hat. Aber zum Glück habe ich noch ein paar Kekse und sogar Bohnen – zum Einweichen.

Platz Drei

Wir alle wachten am Samstag früh auf. Als ich in die Küche kam, stand Vater an der Spüle. Mutter saß am Küchentisch, und meine Schwester beugte sich über das Katzenklo. Bei vielem verweigerte sie sich, aber das Klo ihres Katers, und wenn es auch noch so stank, das machte sie anstandslos sauber.

»Na, wieder fit?«, fragte mich Vater. Ich nickte schwach.

»Gut so. Morgen musst du wieder völlig auf dem Damm sein.«

Ich schaute ihn fragend an.

»Das Finaaaale, Junge!«

»Dein Vater hat alle eingeladen«, sagte Mutter, »Rotraud, Bruder Kolja, deine Oma, seinen Doktor und sogar den Pizzabäcker mit seinen Kindern.«

Und deswegen wolle Vater gleich groß einkaufen gehen, während sie sich mit der Bösen Oma treffen würde.

»Ich ein Kleid und sie ein Paar Schuhe.«

Meine Schwester wollte zum Kiosk gehen und sich die *Bravo* mit dem zweiten Bein von DC, so nannte sie ihn jetzt, kaufen und danach Luigi besuchen.

»Luigi?«

»Ich bin erst nachmittags wieder da.«

»Wer ist Luigi?«, fragte ich noch mal und: »Kann ich mit?«

Aber mit einem Seitenblick auf meine Schwester meinte Mutter, ich solle – zum ersten Mal! – auf die Waschmaschine aufpassen, die sie gleich anstellen würde. Sie sagte das so, als könnte ich stolz darauf sein.

»Außerdem bist du noch krank.«

»Ich bring dir was Schönes mit«, sagte Vater, als er mein Gesicht sah. Er dachte, ich wäre traurig. Gerade war ich das aber gar nicht. Ich dachte einfach nur nach. Schließlich hätte ich gleich für einige Stunden sturmfreie Bude. Ich könnte doch im Buch lesen. Doch irgendwie fühlte ich mich noch ziemlich schlapp. Aber ich könnte Boris anrufen? Gemeinsam sollte es uns gelingen, Vaters Buch vom Regal herunterzuholen.

Mutter zeigte mir noch, welchen Knopf ich wann drücken sollte, damit das Wasser vor dem Schleudern abgepumpt wird und so weiter. Dann bekam sie Zweifel.

»Du denkst doch daran, mein Kleiner?«

Ich nickte feierlich. Das sollte das geringste Problem sein.

Ich rief Boris an. Er wollte gegen elf Uhr kommen. Uns würden mindestens zwei Stunden bleiben, rechnete ich nach, setzte mich auf das Sofa und starrte lange auf das Buch. Ich hatte nicht mehr damit gerechnet, dass ich noch einmal eine Chance bekommen würde. Und mit Boris hätte ich sowieso später alles geteilt, warum also nicht jetzt schon? Nach Ewigkeiten klingelte es, ich ließ Boris rein, und wir gingen ins Wohnzimmer.

»Schau«, sagte ich und zeigte auf *Zettels Traum* oben auf dem Regal, »ein Buch voller Geheimnisse.«

Kurz erklärte ich ihm die Ausgangslage, wie Vater und Mutter darum gekämpft hatten, welche Geheimnisse und Erkenntnisse ich in ihm vermutete, wie ich vergeblich versucht hatte, an das Buch zu kommen, und wie ich es geschafft hatte, dass es zeitweilig nicht mehr oben, sondern unten im Regal lag. Die Geschichte mit den eingeschlafenen Beinen ließ ich spontan aus.

»Und warum liegt es jetzt wieder da oben?«, fragte Boris.

Ich zuckte mit den Schultern.

»Und wie kommen wir jetzt da rauf?«

»Zu zweit schaffen wir es!«

Ich holte die Leiter aus der Küche und stellte sie vor das Regal. Während Boris sie mit seinen kurzen Armen irgendwie festhielt, kletterte ich hoch.

»Schau«, rief ich und präsentierte mich mit ausgebreiteten Armen wie ein Akrobat im Zirkus.

»Klatsch, klatsch, klatsch«, sagte Boris.

Ich legte eine Hand auf das Buch und posierte wie ein Jäger mit seiner Beute.

»Klatsch, klatsch, klatsch«, sagte Boris.

Ich nahm das Buch hoch und wollte es wie einen Pokal über meinen Kopf halten.

»Oje«, sagte Boris. Das Buch rutschte mir aus den Händen und fiel hinunter. Ich verlor das Gleichgewicht und purzelte ebenfalls in die Tiefe. Dabei hielt ich mich am Regal fest. Das Regal wurde aus seiner Wandhalterung herausgerissen und kippte gegen die Leiter. Mühsam konnte Boris Leiter und Regal festhalten, so dass nur ein paar Bücher und Schallplatten herausfielen. Aber leider auch der Fernseher.

Die Situation war fürchterlich. Zwar war das Buch nun unten. Aber welch großes Geschrei würde ertönen, wenn die anderen nach Hause kämen – entweder von meiner Schwester, der Bösen Omi oder von meiner Mutter: »Mein Gott, Junge, was hast du getan? Das schöne Regal! Und ach, der Fernseher!« An die Reaktion vom Vater wollte ich lieber gar nicht denken.

Als die Stimmen in meinem Kopf verstummt waren, hörte ich endlich Boris, wie er mit der Leiter und dem Regal kämpfte. Rasch rappelte ich mich hoch und half ihm, beides wieder hinzustellen. Das Chaos lag verstreut auf dem Flokati. In der Mitte thronte der Fernseher, äußerlich unversehrt.

Wir räumten alles wieder ins Regal. Der Fernseher war am schwersten, weil Boris mir dabei nicht helfen konnte. Ich zog ihn irgendwie an seinem Kabel hoch. Dann schaltete ich ihn ein. Nach ein paar Minuten flackerte ein kleiner hypnotisierender weißer Punkt in der Mitte des Bildschirms auf. Sonst passierte nichts weiter. Ich schaltete den Fernseher wieder aus und weigerte mich, zu akzeptieren, dass er kaputt war.

Nachdem wir alles einsortiert hatten, sah das Regal fast so aus wie vorher. Alles? Nein, ein Buch hatte ich nicht eingeräumt. Ich traute mich kaum hinzusehen. *Zettels Traum* lag auf dem Flokati. Die Kassette war aufgebrochen. Der Buchblock war aus dem Umschlag gerissen. Eine Tonne Unglück lastete auf meinen Schultern. Dann begann ich zu zucken.

»Mein Dad hat einen Freund, der Buchbinder ist«, sagte Boris, als er meine Tränen sah.

»Schön für ihn«, schluchzte ich.

»Verstehst du nicht? Ein Buchbinder kann Bücher reparieren!«

Ich war dagegen. Wir würden Boris' Vater alles erklären müssen.

»Keine Bange, ich mache das schon«, sagte Boris und rief bei seinem »Dad« an, um nach der Adresse zu fragen.

»Wir brauchen Papier zum Malen«, log er, »ganz besonderes Papier … jaja, ich denke daran, Hausnummer 27 … auf der einen Straßenseite gerade, auf der anderen nicht, ich weiß … tschüss.«

Ich blickte ihn fragend an.

»Briefträger-ABC«, sagte Boris.

Der Buchbinder wohnte in der Nähe. Ich packte den Buchblock, den Buchumschlag und die kaputte Kassette in eine riesige Tasche, und wir verließen die Wohnung. Im ersten Stock blieben wir stehen.

»Was ist denn das?«, fragte Boris.

Auf der Fußmatte vor der Wohnungstür von Frau Schellack lagen ein Schweizer Taschenmesser, eine Tüte mit Keksen und ein mittelgroßer schwarzer Plastikadler mit ausgebreiteten Flügeln.

»Was weiß ich!«

In dem Moment war es mir wirklich egal, was Frau Schellack Seltsames anstellte. Ich rannte weiter die Treppe runter.

Boris war mir beim Tragen keine Hilfe, doch sein ungebrochener Optimismus ließ mich selbst bald glauben, dass alles gut ausgehen würde. Was war schon groß passiert? Wenn das Buch wieder heil war und im Regal stand, blieb nur noch ... ja, der Fernseher. Und dass der eventuell einen klitzekleinen Schaden hatte, konnte ja viele Gründe haben.

»Auch Maschinen lassen sich wieder reparieren«, sagte Boris leichthin.

Ja, wollte ich antworten, doch dabei fiel mir eine andere Maschine ein. Die »gute, alte Bauknecht«! Mutter hatte uns immer eingeschärft, sie niemals allein zu lassen. Die Kraft, die diese Maschine besaß, wenn sie ins Schleudern kam, hatte mich schon immer beeindruckt. Ich musste umkehren.

Ich hängte Boris die Tasche um den Hals. Er fiel fast um, aber versicherte mir heiser, er würde es schon irgendwie schaffen. Ich rannte nach Hause.

*

»Na, wen haben wir denn da?«

Henning-Johann-Pröll-der-Zweite verstellte mir den Weg.

»Oh … hallo, Henning.«

Ich wollte ausweichen, aber er machte mit mir dieses übliche Spielchen: Ob rechts, ob links, ich kam nicht an ihm vorbei.

»Bitte, ich muss nach Hause.«

»Keiner hindert dich daran«, sagte Henning-Johann-und-so-weiter und schubste mich.

»Ich flehe dich an! Sei friedlich.«

»Sei friedlich? Was ist denn das für'n Ausspruch?«

Er hielt sich lachend den Bauch.

»Bist wohl'n Hippie, hahaha, oder ein Sponti! Macht kaputt, was euch kaputtmacht!«

Wieder schubste er mich.

»Die Scheibe klirrt, der Sponti kichert, hoffentlich Allianz versichert!«

Ich prallte gegen ein Auto.

»Hoch … die … internationale … Solidarität!«

Bei jedem Wort gab er mir eine Ohrfeige. Ich stellte mich schutzsuchend zwischen zwei parkende Autos. Und hatte mich damit selbst gefangen.

»Was soll das denn?«

»Was das soll? Du gehst mir so was von auf die Nerven! Alle mögen dich. *Du* darfst dir alles erlauben. Und jetzt, wo ich endlich mal von Frau Ludwig gelobt werde, kommst du an und erzählst, du würdest dieses dicke Buch lesen. Du Arschloch!«

Henning-Johann-und-so-weiter fing an, nach mir zu treten. Aber zu mehr langte es nicht. Dann hörte er auf und zog das Zigarettenetui mit dem rauchenden Araber aus seiner Tasche.

»He!«, rief ich.

»Schnauze«, sagte er und nahm eine von Frau Schellacks Zigaretten.

»Du bist ein Dieb. Du hast die Handtasche von Frau Schellack gestohlen!«

»Ist ja gar nicht wahr! Ich hab sie nicht gestohlen. Sie hat auf einer Mauer beim Bäcker gestanden. Ich hab nur die Zigaretten rausgenommen. Finderlohn.«

»Lügner, du hast die Handtasche weggeworfen. Altkönigstraße 10. Du Dieb!«

»Das reicht. Jetzt rappelt's in der Kiste!« Henning-Johann-und-so-weiter kletterte auf das Dach des Autos, hinter dem ich mich verschanzt hatte. Schnell hatte er mich am Kragen gepackt.

»Schlägst du wieder andere Kinder, Henning«, sagte eine Stimme hinter mir. Er ließ von mir ab.

»Wer sind Sie?«

Ich drehte mich um, um auch zu sehen, wer das gesagt hatte. »Es spielt keine Rolle, wer ich bin …«

An seiner Stimme hätte ich Emil Bartoldy niemals erkannt. Sie klang auf einmal tief und kräftig. Und auch sonst kam er mir zehn Zentimeter größer, stärker und jünger vor als sonst.

»… viel wichtiger ist, dass ich alles über dich weiß.« Das machte gehörig Eindruck. Aber ein Henning-Johann-und-so-weiter gab nicht kampflos auf.

»Sie können nichts über mich wissen, weil ich Sie ja gar nicht kenne.«

Emil Bartoldy lachte tief. »Das ist das Schlimme an euch Kindern, dass ihr nicht logisch denken könnt. Ich weiß zum Beispiel, dass du deinem Vater zehn Mark aus der Kasse im Laden gestohlen hast. Und ich weiß, was du deiner kleinen Schwester letzte Woche angetan hast.«

»Was denn?«, fragte ich; das zu wissen, wäre in Zukunft mein bester Schutz. Doch Emil Bartoldy ging nicht darauf ein.

»Ich sehe dich. Ich höre dich. Ich beobachte dich. Nimm dich in Acht! Und lass die anderen Kinder in Ruhe, Henning, sonst …«

Ich nutzte die Gelegenheit und zog mich langsam zwischen den parkenden Autos zurück. Dann schlenderte ich hinüber auf die andere Straßenseite und lief schnell nach Hause.

*

Als ich die Wohnung betrat, fauchte mich der Kater meiner Schwester an und flüchtete nach draußen, bevor ich die Tür schließen konnte. Das hatte er noch nie getan.

Ich rannte ins Badezimmer. Die Waschmaschine war nicht zum Schleudern gekommen. Sie war vorher ausgelaufen. Jemand hatte vergessen, den Knopf für das Abpumpen zu drücken, und das hatte die Waschmaschine diesem Jemand übelgenommen.

Wie in Trance wischte ich mit einem Handtuch die Wasserlache im Flur auf. Bevor ich im Bad weiterwischte, schaute ich mich in den anderen Zimmern um.

Auf den ersten Blick schien der Schaden nicht so groß zu sein. Doch das erwies sich als trügerisch, weil der Flokati im Wohnzimmer den größten Teil des Wassers aufgesogen hatte. Es quatschte, als ich darüberlief. Das war zu viel. Ich hatte binnen kürzester Zeit die halbe Wohnung lahmgelegt. Wären sie nicht alle fortgegangen, wäre das nie passiert. Hätte ich nicht so einen Unsinn auf der Leiter gemacht, wäre der Fernseher noch heil. Und das Buch auch, die Waschmaschine, der Kater, hätte, wäre, wenn, dann, aber, ich …

Ich war um einiges erfolgreicher gewesen als meine Schwester bei ihrem Versuch, Vater zurückzuholen. Jetzt gab es nur noch zwei Möglichkeiten: Zu dem stehen, was ich getan hatte, oder wirklich weglaufen. Die Schwere meiner Untaten würde selbst eine Flucht ohne Ziel rechtfertigen.

Doch ich war zu nichts mehr in der Lage. Völlig ratlos. Nicht einmal mehr weinen konnte ich.

Ich schleppte mich in mein Zimmer, und ganz langsam formte sich aus dem Chaos in meinem Kopf eine Lösung. Schließlich war ich doch krank! Warum sollte ich nicht einfach den Ohnmächtigen spielen, der, allein gelassen von den Eltern, gar nicht in der Lage gewesen war, der Katastrophe Herr zu werden? Ich zog meine Klamotten aus und streifte mir den Schlafanzug über. Sein weicher Frotteestoff wärmte mich und beruhigte mein Herz. Ich legte mich ins Bett. Ich schloss die Augen und erträumte mir eine zweite Realität, in der unser Fernseher nicht kaputt war, der Flokati trocken, der Kater nicht geflüchtet und das Buch heil. Oh mein Gott!

*

Meine Schwester kam nach Hause. Sie sang vor sich hin und verschwand in ihrem Zimmer. Sofort hörte ich wieder David Cassidys Stimme. Etwas enttäuscht war ich schon. Was nützte es, ohnmächtig zu sein, wenn niemand es bemerkte?

Es klingelte. Meine Schwester hopste zur Tür. Mit ihrer Mädchenstimme, die immer ein wenig schriller als nötig war, begrüßte sie jemanden.

»Hallo, Rotraud. Wie schön! Schnell, ich muss dir was zeigen!«

»Was liegt denn bei eurer Nachbarin vor der Tür?«

»Ist doch egal. Komm schon!«

Laut plappernd gingen sie in ihr Zimmer. Die Musik wurde leiser, als sie die Tür zumachte.

Vater kam nach Hause. »Hallo, bin wieder da!«

Es klang, als wäre er mit mehreren Tüten beladen. Ich hörte ihn in der Küche stöhnen. Auch er kümmerte sich weder um mich, noch ging er in das Wohnzimmer.

Mutter kam nach Hause mit der Bösen Omi im Schlepptau, die sich wegen der vielen Regentage in diesem Sommer Gummistiefel gekauft hatte. Mutter flüchtete in die Küche mit der Ausrede, Vater helfen zu wollen. Oma probierte ihre Gummistiefel an. Sie rief, wie praktisch sie seien, so würde sie im Wohnzimmer keine nassen Füße bekommen.

Die Böse Omi hatte noch nie einen Witz gemacht.

Kurz nachdem sie das gerufen hatte, wurde es still in der Wohnung. Selbst meine Schwester schaltete ihren Plattenspieler aus. Ich hörte, wie sich alle im Wohnzimmer trafen. Ich versuchte, meine schnelle Atmung unter Kontrolle zu bekommen, schließlich war ich ja ohnmächtig. Doch als meine Zimmertür aufging, setzte ich mich senkrecht auf und fing an zu heulen.

*

Wäre das Leben Mathematik und würde es nach vorgegebenen Regeln ablaufen, wäre es einfach zu beschreiben, mit was für Konsequenzen ich zu rechnen hätte. Die linke Seite dieser Formel würde aus einer Ansammlung von Zahlen bestehen, die meine Untaten bewerteten. Von 1 bis 6, wie in der Schule. Auf der rechten Seite würde dadurch eine Zahl wachsen, deren Höhe in meinem Fall wahrscheinlich in mehrere Jahre Gefängnis umgerechnet werden könnte.

Die Phantasie hatte ebenfalls einiges an Zukunftsprognosen zu bieten: Ich bereitete mich insgeheim auf Abschiebung, Kinderheim oder Freigabe zur Adoption vor. Doch das Leben war komplizierter, man konnte vorher nicht wissen, was sich wirklich aus den Geschehnissen ergeben würde.

Um es kurz zu machen: Es ist nichts geschehen.

Oder fast nichts.

Mutter tätschelte mir den Kopf, als ich mich entschuldigte, dass die Waschmaschine ausgelaufen sei.

»Das war allein meine Schuld, ich hätte dich kranken Jungen nicht mit ihr allein lassen sollen.«

Der Flokati wurde von uns allen in Gemeinschaftsarbeit ausgewrungen. Er war so sauber wie seit langem nicht.

Der Kater war auf seiner Flucht Henning-Johann-und-so-weiter begegnet. Der hatte ihn auf den Arm genommen, was sich sonst nur meine Schwester traute. Als Herr Pröll den Kater zurückbrachte, berichtete er, dass sein Sohn völlig zerkratzt gewesen sei. Ein Mann im Trenchcoat habe ihn gerettet, indem er den Kater einfach am Nacken gepackt und zu einer Schildkröte in einen Einkaufskorb gesetzt hatte.

»Kurzschluss«, war die Erklärung von Vater für den kaputten Fernseher, »weil die Waschmaschine ausgelaufen ist.«

Als ich zaghaft ansetzte und ihm meine Schuld mitteilen wollte, lachte Vater nur.

»Du willst den Fernseher kaputtgemacht haben? Der ist doch viel zu schwer für dich!«

Selbst er war also nicht verärgert, dass er das Spiel um Platz drei verpasste. Polen gewann gegen Brasilien mit 1:0.

Aber irgendwie war ich enttäuscht, trotz der Freude, dass ich für keine meiner Schandtaten zur Rechenschaft gezogen wurde. Für das ein oder andere hätte ich schon gerne geradegestanden, schließlich war ich ja kein Feigling. Aber so? Ich fühlte mich wieder mal wie ein halber Mensch.

Donnerstagfrüh, 24. Oktober 1974

Liebe Frau Ludwig,

wie lange kann man ohne Wasser überleben? So etwas sollte man in der Schule lernen. Dann wüsste ich jetzt, wie sehr ich mich sorgen muss …

Vor einer halben Stunde wurde ich durch Geräusche geweckt. Jemand kam die Kellertreppe herunter. Ich drehte mich schnell auf meiner Luftmatratze um und lag mit dem Rücken zur Tür. Mucksmäuschenstill. Dann ging die Tür auf. Jemand drückte den Lichtschalter, mehrmals, aber die Neonröhre war ja kaputt.

»Ich schließ lieber ab, bevor sich hier jemand verirrt«, brummte eine Stimme. Und das tat der Mann tatsächlich! Ich habe die Stimme nicht erkannt. Aber natürlich überlegte ich, ob ich ihn auf mich aufmerksam machen sollte. Doch bevor ich zu einem Entschluss kam, war der Mann schon weg.

Ich bin eingesperrt!

Donnerstagmittag, 24. Oktober 1974

Hallo, Frau Ludwig,

ich brauche ungefähr noch ein oder zwei Tage, bis ich mit der Geschichte fertig bin. Kann man es wirklich so lange ohne Wasser aushalten? Jetzt bin ich noch gar nicht durstig. Und zur Not habe ich noch ein paar Kaugummis, falls der Mund trocken wird.

Donnerstagnachmittag, 24. Oktober 1974

Liebe Frau Ludwig,

zur Sicherheit habe ich noch einmal den ganzen Keller durchsucht, obwohl ich mich hier schon wie im Schlaf auskenne. Es gibt keinen zweiten Ausgang. Die Toilette habe ich mir auch noch mal genauer angeschaut: kein Wasser. Am Heizungskessel gibt es einen Hahn. Aber den kriege ich nicht auf.

Ich habe noch ein weiteres Problem. Als ich die Tür untersucht habe, habe ich festgestellt, dass sie den Raum komplett abriegelt. Natürlich war sie in den letzten Tagen oft zu. Aber manchmal habe ich sie aufgemacht, um zu lüften, wenn man das in einem Keller so nennen kann.

Wie lange reicht die Luft in so einem Raum? Auch das haben wir in der Schule nicht gelernt. Sie müssen unbedingt dafür sorgen, dass so etwas auf den Lehrplan kommt. Na ja, zur Not muss ich halt durch das Schlüsselloch atmen, haha!

Donnerstagabend, 24. Oktober 1974

Liebe Frau Ludwig,

ich habe mich beruhigt. Zuerst bin ich eingeschlafen. Doch dann wachte ich von meinem Alptraum auf, dabei hat mich Rotraud doch eigentlich davon geheilt. Wahrscheinlich nehme ich mich momentan einfach selbst zu wichtig. Natürlich werde ich hier wieder herauskommen. Und dann verschwindet auch der Alptraum wieder. Es ist wirklich zu dumm: Irgendwie geht gerade alles schief.

Ich habe noch mal diese Meditation ausprobiert, Sie wissen: Vipassanã. Da ich ja nicht an den Wasserhahn konnte, um den Bach nachzuahmen, habe ich dieses Mal an den Bauernhof im Bayerischen Wald gedacht und an die Kühe dort. Erinnern Sie sich noch an den Anfang des Buches von Erich Kästner? Da schreibt er, wie er auf eine Sommerwiese schaut, auf der eine Kuh oder ein Kalb steht, und er sich eine Schneeballschlacht ausdenken muss.

Genauso geht es mir. Ich sitze nicht nur im Keller, ich bin hier eingesperrt, muss aber über etwas ganz anderes schreiben. Und damit das gelingt, habe ich eine Kuh an die Wand gemalt. Direkt unter den Spruch »Ruhe bewahren«. Das hätten die Menschen schon damals im Zweiten Weltkrieg machen sollen. Die ganze Zeit auf diese Aufforderung zu schauen, während die Bomben fallen, das macht einen doch erst recht nervös.

Die Kuh schaue ich jetzt an, wenn ich schreibe. Wie Kästner. Wie bei einer Meditation: Ich sehe den Bauernhof. Der vordere Teil ist zum Wohnen, hinten leben die Kühe. Auf der einen Seite ist die Wiese, auf der anderen gibt es einen Gemüsegarten. Vorne neben dem Eingang steht ein riesiger Baum. Eine Linde. Die steht schon seit Hunderten von Jahren da, hat der Bauer zu mir gesagt, nachdem sein Bruder mich im Wald gefunden und wieder zurückgebracht hat. Sie hat nie etwas falsch gemacht, hat er gesagt, sonst würde sie dort nicht mehr stehen.

Ich finde, das ist eine sehr schöne Beschreibung, obwohl ein Baum natürlich sowieso nichts falsch machen kann. Es sind die Menschen um ihn herum. Sie hätten der Linde die Äste abgesägt oder sie vielleicht ganz gefällt. Sie hätten vielleicht auch einen zweiten Baum daneben gepflanzt, so dass die Linde weniger Licht bekommen hätte. Es hätte der betrunkene Sohn des Bauern sie mit einem Auto oder dem Traktor rammen können, sie hätte in Flammen aufgehen können. Nichts davon wäre ihre Schuld gewesen, sie hat nie etwas falsch gemacht. Ich habe eine Menge falsch gemacht. Das ist mir beim Schreiben aufgefallen. Vielleicht ist das nicht weiter schlimm, denn aus Fehlern lernt man, wie die Kleine Oma immer gesagt hat, oder Vater: »Lieber einmal zu oft aufs Maul fallen. Das ist besser als gar nichts tun!«

Viel schlimmer aber ist, dass ich jeden angelogen habe. Als ich geschildert habe, wie sich meine Familie über mich unterhalten hat, ist es mir klargeworden: Es sind die Lügen, sie haben mich gefällt. Sie haben mir die Äste abgesägt, auf die ich doch so stolz bin. Was nützt mir Intelligenz und Neugierde, wenn sie von den anderen nicht erkannt werden? Nichts. Und was hat es mir genützt, dass ich vor lauter Lügen nicht mehr ein noch aus wusste? Wieder nichts.

Und das ist des Rätsels Lösung: Jetzt weiß ich, was Arno Schmidt mit den 26 Ekkn gemeint hat. Ein Würfel kann es nicht sein, der hat nur acht Ecken. Aber das Alphabet hat 26 Buchstaben. Jedes Wort, also somit auch jede Lüge, besteht aus Buchstaben. Und deswegen hat er Ekkn falsch geschrieben. Irgendwann weiß man halt nicht mehr, was richtig ist und was falsch.

In der Geschichte bin ich bald bei der letzten Ecke angekommen. Und ein wenig zögere ich weiterzuschreiben, denn das Schlimmste steht mir noch bevor …

Finale

Nachdem sich alle wieder beruhigt hatten, war Rotraud losgegangen, um für sich und Oma zwei Piccolos zu kaufen. Als Belohnung für die Wasserschlacht, hatte sie gesagt, und die Böse Omi wollte einen für die Nerven.

»Nun erklär mir doch mal einer, was das für seltsame Dinge vor der Tür eurer Nachbarin sind«, sagte Rotraud bei ihrer Rückkehr.

»Die sind mir auch aufgefallen.« Oma wollte ihr auch in dieser Sache nicht nachstehen.

»Ruf sie doch mal an«, schlug Mutter Vater vor, »nicht, dass sie ihren Einkauf vor der Tür hat stehen lassen.« Vater nickte und ging zum Telefon.

»Komisch: Dieser Anschluss ist vorübergehend nicht erreichbar«, sagte er mit dem Hörer in der Hand. Er seufzte und meinte, wir sollten sowieso mal wegen eines möglichen Wasserschadens bei ihr nachschauen. Wir nahmen das »wir« wörtlich und gingen alle, auch Rotraud und Oma, ein Stockwerk tiefer. Wie am Vormittag lagen da noch immer das Schweizer Taschenmesser, die Tüte Kekse und der Plastikadler.

»Klingel doch mal«, sagte Mutter zu Vater, doch auf sein Dauerschellen reagierte niemand.

»Vielleicht ist sie einkaufen«, vermutete meine Schwester.

»Also ich habe sie schon seit Tagen nicht mehr gesehen«, gab ich kontra. Vater klopfte jetzt laut an die Tür.

»Jetzt brich schon die Tür auf.« Oma war ungeduldig.

»Das geht doch nicht, Oma.«

»Aus dem Weg!«

Wir wichen zur Seite, Rotraud nahm Anlauf und warf sich gegen die Tür. Sie war halt doch die Beste! Meine Schwester und ich strahlten uns an.

Heiße Luft strömte uns entgegen, gemischt mit einem süßlichen Duft.

Wir hielten uns die Nasen zu.

Wir riefen ihren Namen.

Wir gingen in die Wohnung.

Erst als wir Frau Schellack in ihrem Bett liegen sahen, den Telefonhörer auf dem Bauch, erinnerte sich Vater an meine Schwester und an mich.

»Raus mit den Kindern!«

Rotraud packte unsere Hände. Wir gingen in Zeitlupe nach oben. Der Anblick von Frau Schellack hatte den Lauf der Welt angehalten und sich in mein Gedächtnis eingeprägt: der offene Mund, das eingefallene Gesicht, die an die Decke starrenden Augen, die erschlafften Hände und der Geruch. Vor allem der Geruch.

»Was ist passiert?«, fragte meine Schwester ganz langsam und tief. Ich war direkter.

»Ist sie tot?«

Rotraud zuckte mit den Schultern. »Na ja, herumgehüpft ist sie ja nicht gerade.«

Vater kam hoch und telefonierte mit Doktor Wolff. Die Welt nahm wieder Fahrt auf.

»Ist sie tot?«, fragte ich nochmals, und Vater nickte.

»Ja nun, sie ist von uns gegangen.«

»Entschlafen heißt das, wie bei Opa«, sagte ich, »sie liegt ja auch im Bett.« Ich wusste nicht, warum Rotraud daraufhin lachte. Dann kam auch Oma wieder hoch.

»Die muss da schon Tage gelegen haben!«

»Nicht vor den Kindern«, zischte Vater und ging mit Oma wieder nach unten zu Mutter und der toten Frau Schellack.

Seit Tagen. Ich dachte nach. Das letzte Mal hatte ich sie im Park gesehen, als ich mit Boris Fußball gespielt hatte. Wie lange war das her? Und warum war ich nicht zu ihr gelaufen? Wir waren doch Freunde. Ich hatte doch noch an ihre Tür geklopft, damals, als ich ihr die Handtasche hatte zurückgeben wollen. War sie da etwa schon …?

Ich war den Tränen nahe, aber dann kam Oma wieder zur Tür herein und stellte die Sachen, die vor der Tür von Frau Schellack gestanden hatten, auf den Küchentisch.

»Ob sie die selbst dahin gelegt hat?« Meine Schwester hatte manchmal wirklich eine lange Leitung.

»Aber sie ist doch schon seit Tagen tot«, erinnerte ich sie. Rotraud nahm mich rechtzeitig in den Arm.

»Einer muss sterben, damit die anderen das Leben wieder schätzen.«

»Was soll das denn heißen?«, fragte ich sie und unterdrückte ein Schluchzen.

»Keine Ahnung. Ist nicht von mir. Aber eins weiß ich: Wir sollten herausfinden, was mit eurer Nachbarin passiert ist und was diese Dinge hier bedeuten.«

Jeder nahm das Schweizer Taschenmesser und den Adler in die Hand. Das Messer war nichts Besonderes. Boris hatte eins mit noch mehr Funktionen. Der Adler hingegen blitzte böse mit den Augen.

»Und was sind das für Kekse?«, fragte Oma. Rotraud schaute sich die Packung an, die mit kleinen weichen Halbkugeln gefüllt war.

»Luxemburgerli von der Firma Sprüngli.«

Wir dachten angestrengt nach. Ich rieb mir wie Wickie an der Nase, bis ich Sternchen sah.

»Ich hab's!« Ich schnippte mit den Fingern. Drei Augenpaare starrten mich an. »Ich weiß, was das bedeuten soll! Das ist ein Hinweis darauf, wo ihr Mann steckt.«

»Du Knalltüte«, sagte meine Schwester, »wie soll das denn gehen? Was für ein Blödsinn!«

»Das ist kein Blödsinn. Emil Bartoldy wollte ihr damit mitteilen, wo ihr Mann ist. Damit sie nicht mehr so alleine ist.«

»Mein Bruder«, sagte sie und dehnte diese zwei Worte ziemlich in die Länge. Rotraud schaute mich an, zuckte mit den Schultern.

»Probieren wir's doch einfach mal. Also das Messer, das steht für die Schweiz, keine Frage. Und die Kekse«, sie sah sich die Tüte noch einmal genau an, »die kommen aus Zürich. Aber der Adler?«

»Bestimmt ein Hotel, das so heißt«, murmelte meine Schwester vor sich hin. Ich steckte mir ein Luxemburgerli in den Mund und spuckte es sofort wieder aus. Es schmeckte süßlich, so wie … ich mochte nicht daran denken.

»Hotel Adler in Zürich in der Schweiz? Das wäre aber einfach.« Auch Oma war nicht überzeugt.

»Warum sollte er es denn auch schwermachen«, sagte ich.

Rotraud ging zum Telefon, rief die Auskunft an, ließ sich mit dem Hotel Adler verbinden und verlangte, Herrn Schellack zu sprechen. Ein paar Sekunden später hatte sie ihn tatsächlich an der Strippe, und mit einem Ton, der keine Widerrede erlaubte, erzählte Rotraud, was passiert war und dass er kommen müsse.

»Morgen früh ist er da«, sagte sie, nachdem sie aufgelegt hatte. Dann nahm sie mich zur Seite. »Was ist das für ein Typ, dieser Emil Bartoldy?«

»Er ist eine Saugglockengeburt.«

»Er ist verrückt«, plapperte meine Schwester dazwischen, »läuft immer mit einer Schildkröte durch die Gegend.«

»Andere hängen sich Poster von fremden Menschen an ihre Zimmerwand«, sagte Rotraud. Dann sah sie zu mir. »Und wieder andere ... na, lassen wir das.«

»Er hat mich vor Henning gerettet«, rief ich meiner Schwester zu.

»Wer ist das denn jetzt schon wieder?«, fragte Oma.

»DC ist kein Fremder, du blöde Torte«, fauchte meine Schwester gleichzeitig Rotraud an, »und ich bin auch nicht verrückt.«

»Bist du doch«, sagte ich. So wurden Rotraud, die darüber lachte, und die Böse Omi, die »Gottogott« rief, Zeuginnen eines handfesten Streits zwischen uns, bis Vater hochkam und uns voneinander trennte.

»Euch kann man aber auch keine Sekunde allein lassen! Lass deinen Bruder los. Du bist schließlich die Ältere.«

»Oh, WIEH«, rief meine Schwester und lief in ihr Zimmer.

*

»niemals«, sagte Bruder Kolja, »nicht mit mir. echt nicht.«

Rotraud seufzte. Die Böse Omi seufzte. Vater schaute beide an und seufzte ebenfalls.

»Schnapsidee. Hab ich euch doch gesagt«, brummte er.

»Wir sind das Frau Schellack schuldig.« Mutter hatte nicht geseufzt. Aber nicht deswegen hatte der Familienrat sie ausgewählt, um mit Bruder Kolja zu reden.

»Mir schenkt er immer Schallplatten. Ich bin also befangen«, hatte Vater gesagt.

»In mich war er mal verliebt«, hatte Rotraud gesagt, worauf Mutter seltsamerweise einen Lachanfall bekommen hatte.

»Ich würde es machen«, hatte Oma gesagt, aber auf ihr Angebot war niemand eingegangen. Und somit war Mutter übriggeblieben. Schließlich war es ja auch ihre Idee gewesen, dass Bruder Kolja Herrn Schellack vom Flughafen abholen sollte. Sie hatte darauf bestanden, dass er nicht einfach nur kommen und seine Frau beerdigen könne.

»Begräbnis hin oder her, wir müssen dafür sorgen, dass er bestraft wird. Er ist ein Massenmörder. Alle Waffenhändler sind Massenmörder.«

»SDNBT?« Meine Schwester und ich hatten zugehört, und während ich noch versuchte, ihrer Buchstabenreihe einen Sinn abzuringen, war Mutter zum Telefon gegangen, um Bruder Kolja anzurufen. Eine Viertelstunde später stand er in unserer Küche und war überhaupt nicht einverstanden mit der Idee.

»ich stell mich doch nicht in die ankunftshalle und halte ein schild in die höhe. mit dem namen eines KAPITALISTISCHEN waffenhändlers!«

»Vielleicht hat er ja auch deiner PLO Waffen geliefert!«

Vater hielt Rotraud den Mund zu, und Mutter redete Bruder Kolja ins Gewissen.

»Und wenn es hilft, ihn hinter Gittern zu bringen?«

Darauf konnte Bruder Kolja nichts mehr sagen.

Am Abend belauschte ich meine Eltern.

»Ede sagt, sie hatte einen Schlaganfall. Aber daran ist sie nicht gestorben. Sie ist verdurstet. Wegen der Hitze durch ihre Heizung.«

»Dann hat sie also tagelang da gelegen und noch gelebt?«

Genau wie Mutter konnte ich es kaum glauben.

»Ich habe die Post angerufen. Wegen des Telefons. Irgendeine Störung, haben sie gesagt. Sie prüfen das.«

Ich hörte nicht mehr zu, sondern ging in mein Zimmer. Ich legte mich ins Bett und weinte. Sie hatte versucht zu telefonieren, wollte Hilfe holen, wollte leben! Tagelang!

Am nächsten Mittag sah ich vom Balkon aus Herrn Schellack zur verabredeten Zeit aus Bruder Koljas Taxi steigen. Er kam noch nicht einmal bis in seine Wohnung. Die Polizei fing ihn im Erdgeschoss ab und verhaftete ihn wegen Waffenschmuggels.

Bruder Kolja war sehr stolz darauf, auch wenn es ihn große Überwindung gekostet hatte, den Polizisten zuzunicken: das ist unser Mann.

Kurz fragte ich mich, ob das fair war: Da stirbt eine Frau, und ihr Mann wird verhaftet. Und obwohl er wegen etwas ganz anderem festgenommen wurde, machte ich ihn für den Tod seiner Frau verantwortlich. War das in Ordnung?

Aber dann sah ich Mutter, wie sie auf Bruder Kolja zuging. Wie sie da so zusammenstanden und tuschelten, bemerkte ich den Respekt, den Bruder Kolja vor Mutter hatte. Ich nahm mir vor, sie zu fragen, was sie eigentlich machte, wenn sie mit ihm nach Wittlich fuhr oder nachts mit Rotraud unterwegs war.

Währenddessen rollte ein giftgrüner Golf die Straße entlang. Vor unserem Haus blieb er stehen, Onkel Rolf stieg aus und holte aus dem Kofferraum einen klitzekleinen Fernseher. Ich sah, wie Vater aus dem Haus kam und, während er auf Onkel Rolf zuging, die Hände über dem Kopf zusammenschlug.

»Nein, nein, nein! Keinen Schwarzweißfernseher!«

»Gibt nichts anderes. Doch auch in der kleinsten Kiste stecken technische Wunder. Gebracht und installiert von Rolf Neun, dem Gernsehberater von der GSG 9!«

*

»Bin ich zu spät?«

»Nein, nein, es …«

Rotraud stürmte an mir vorbei und eilte ins Wohnzimmer.

»… hat noch nicht angefangen«, fügte ich noch achselzuckend hinzu und ging hinter ihr her.

»Was ist das denn?«

Sie zeigte auf den kleinen Schwarzweißfernseher, der etwas verloren im Regal stand. Onkel Rolf, den Vater zur Strafe ebenfalls eingeladen hatte, duckte sich weg und ging auf den Balkon, wahrscheinlich eine rauchen. Rotraud gesellte sich zu Vater, der Herrn Da Pino mindestens zum zehnten Mal von unserem Regentanz erzählte.

»Also der Sieg gegen die Polen geht eigentlich auf unser Konto. Aber ich will mich nicht beschweren.«

»Was habt *ihr* gemacht? Nackt auf einem Berg getanzt?«

Rotraud kannte die Geschichte noch nicht, und Vater war ein dankbarer Erzähler.

Ich schaute zu Chiara, aber die würdigte mich keines Blickes. Schuld daran war das Stückchen Salami. Ich hatte sie darauf hingewiesen, dass es in ihrer Zahnspange klemmte, daraufhin war Chiara ins Bad geeilt, wo Mutter gerade die neue Waschmaschine füllte. Kurz nachdem Onkel Rolf den Fernseher gebracht hatte, war nämlich noch ein anderer Lieferwagen erschienen. Die »gute, alte Bauknecht« gab es nicht mehr. Schade eigentlich.

Meine Schwester hielt heimlich Händchen mit Luigi. Er lehnte lässig am Regal, was mich etwas nervös machte. Die Halterung war schließlich kaputt, aber wer außer mir wusste das schon?

»Gleich kommen die Nationalhymnen«, rief Doktor Wolff, der eingeklemmt zwischen der Bösen Omi und Tante Helga auf dem Sofa saß und als Einziger auf den Fernseher starrte. Die zwölf anderen unterhielten sich, tauschten verliebte Blicke aus oder nicht, rauchten auf dem Balkon oder standen einfach nur herum. Ich zum Beispiel. Ich wusste einfach nicht, was ich von der Situation halten sollte.

Heute könnten wir Weltmeister werden, also die besten Fußballer der Welt. Ich hatte einen riesen Respekt davor, wenn jemand definitiv der Beste war, wenn es nichts und niemanden mehr über ihm gab. Der schnellste Mann der Welt, der erste Mensch auf dem Mond, die älteste Frau, die jemals gelebt hat, so etwas halt. Aber dann schaute ich mir die anderen im Wohnzimmer an. Einen nach dem anderen musterte ich ausführlich. Jeder von ihnen war etwas Besonderes, war einzigartig, und Rotraud hatte ich ja einmal sogar mit allen möglichen Superlativen bedacht. Aber trotzdem: Sie waren alle irgendwie ganz normal.

Und das sollte bei Fußballspielern anders sein? Heute sollte es elf Menschen geben, die besser waren als alle anderen? Entweder die Niederländer oder wir. Wir, ha! Die elf deutschen Spieler vielleicht, die in dem kleinen Fernseher zusammen mit ihrem Gegner gerade das Spielfeld betraten. Aber wieso »wir«? Wieso sprachen wir alle auf einmal von »wir«? Bei solchen Frisuren? Bei solch dicken, muskulösen Beinen?

»Paul, ich habe was für dich.«

Rotraud hatte meine Gedanken unterbrochen und hielt mir ein Buch vor die Nase. Ich las den Titel, während ich danach griff.

»Wer die Nachtigall stört.«

Was sollte das denn sein?

»Ein tolles Buch«, sagte Rotraud, »es wird dir gefallen.«

»Ist das … ein Buch für Erwachsene?«

Ich staunte. Bislang hatte ich nur Comics oder Kinderbücher geschenkt bekommen.

»Na und? Du bist doch alt genug dafür, oder? Immerhin wolltest du Arno Schmidt lesen. Wo ist das Buch überhaupt?«

»Jetzt geht's los«, riefen Doktor Wolf und Vater gleichzeitig, und so musste ich Rotraud nicht mehr antworten. Ich setzte mich in einen Sessel und schlug das Buch auf. Aus den Augenwinkeln bekam ich mit, wie sich alle um den Fernseher drängten.

»Das Unglück mit dem Arm passierte kurz vor Jems dreizehntem Geburtstag«, las ich und war etwas enttäuscht. Doch kein Erwachsenenbuch. Aber dieser Jem! Der war ja genauso alt wie ich.

»Scheiße!«, schrie Vater. Ich schaute kurz auf und sah entsetzte Gesichter und abwinkende Gesten.

»1:0 für Holland«, sagte Vater zu mir, »Johan Neeskens. Elfmeter. Jetzt komm schon her!«

»Gleich«, sagte ich und las weiter. Atticus, was für ein seltsamer Name. Und warum durften seine Kinder ihn so nennen? Ich war neidisch, dass Jem, der Junge, älter war als seine Schwester. Ich stellte mir das schön vor.

»Tor!«

Ausgleich?

»Elfmetertor von Breitner!«

Dann kam die Geschichte von Boo Radley, der mich ein wenig an Emil Bartoldy erinnerte. Aber die Geschichte war gut …

»Mach das weg«, schrie Mutter auf einmal, und ich sah kurz auf. Sie hatte entdeckt, dass Vater sich eine Deutschlandfahne auf die Backe gemalt hatte.

»Das reicht! Endgültig! Das kann man vielleicht in vierzig Jahren machen, wenn alle Nazis tot sind. Aber nicht heute und nicht in meiner Wohnung …«

Sollten die sich doch streiten. Ich blätterte um, und irgendwann blieb ich an einer Stelle hängen.

»Vor allem mußt du einen ganz einfachen Trick lernen, dann wirst du viel besser mit Menschen aller Art auskommen. Man kann einen nur richtig verstehen, wenn man die Dinge von seinem Gesichtspunkt aus betrachtet. Ich meine, wenn man in seine Haut steigt und darin herumläuft.«

Ich war total gefangen von dieser Geschichte. Und dann tauchte über dem Buch das Gesicht meines Vaters auf. Die Farbe auf seiner Backe war verschmiert, und er grinste, als wäre er gerade Weltmeister geworden …

*

Irgendwann in den Sommerferien, kurz bevor ich *Wer die Nachtigall stört* zum zweiten Mal zu Ende gelesen hatte, damit ich eine Zusammenfassung für Frau Ludwig schreiben konnte, ging ich hinunter zu den Bartoldys, um mich bei Emil Bartoldy zu bedanken. Immerhin hatte er mich vor Henning-Johann-und-so-weiter beschützt und uns mit seinen Hinweisen, wo Herr Schellack sich aufhielt, den entscheidenden Tip gegeben. Seine Mutter machte die Tür auf und schüttelte lachend den Kopf.

»Nein, der Emil ist nicht da«, sagte Frau Bartoldy, »aber was hast du bloß mit ihm gemacht, Paul?«

Ich starrte sie erschrocken an. Was hatte ich denn jetzt schon wieder angestellt?

»Er ist ganz verändert, seitdem er dich vor diesem bösen Jungen gerettet hat. Emil hat uns haarklein davon erzählt und wie eure Katze den Jungen zerkratzt hat. Seine Sammlungen interessieren ihn nicht mehr. Stattdessen läuft er jetzt jeden Tag durch unser Viertel und tut Gutes. Aber das Schönste …«

Sie winkte mich in die Wohnung und ging in die Küche. Dort sah ich, wie die Schildkröte langsam über die Kacheln lief. Sie hob den Kopf und lächelte mich an. Endlich.

»Die hat er mir geschenkt. Sie heißt Mary.«

*

Zwei Tage vor Schulbeginn zog Vater aus. Es verlief ganz friedlich, und das war unheimlicher als alles andere, was ich je erlebt hatte. Mutter putzte anschließend die Wohnung von vorne bis hinten durch und kam dann in mein Zimmer. Ich war nie ein besonders ordentlicher Mensch. Aber was sich in der Ferienzeit angehäuft hatte, sah in ihren Augen rekordverdächtig aus.

»Wir sind diesmal ja auch nicht weggefahren«, rechtfertigte ich mich, aber es war umsonst. Mutter holte zwei leere Müllsäcke und drückte sie mir in die Hand.

»Aufräumen?«

»Aufräumen.«

Ich machte mich an die Arbeit. Als ich fast fertig war, fand ich lauter Sachen aus der Zeit noch vor den Sommerferien. Und da lag sie:

Die Handtasche von Frau Schellack!

Vorsichtig hob ich sie am Riemen in die Höhe und legte sie auf das Bett. Ich war geschockt. Wie hatte ich vergessen können, dass sie hier war? Und dann fiel mir auch ein, warum: Ich hatte sie damals aus der Sammlung von Emil Bartoldy mitgehen lassen. Ich hatte sie ihr zurückgeben wollen, aber sie hatte nicht aufgemacht.

Vorsichtig nestelte ich am Verschluss, und nachdem ich ihn geöffnet hatte, zog ich mehrere Überweisungsaufträge heraus. Einer davon war für Frau Schellacks Telefonrechnung, fein säuberlich von ihr unterschrieben und mit Datum versehen: 30. Mai 1974, Wochen vor ihrem Tod. Mir wurde kalt. Ich wusste nun, was passiert war.

Frau Schellack hatte mir doch noch von den Überweisungsaufträgen in ihrer Handtasche erzählt. Das war in etwa zu der Zeit gewesen, als Vater uns betrunken verkündet hatte, er wolle mit den anderen die »74er Schlappekicker« gründen. Am Sonntag darauf, kurz vor dem Kampf zwischen meinen Eltern, hat sich Bäcker Winter erinnert, dass er sie vom Trottoir hochgehoben und auf das Mäuerchen gestellt hat. Dann hat Henning-Johann-und-so-weiter die Handtasche gefunden, die Zigaretten herausgenommen, und sie in den Vorgarten geworfen: Altkönigstraße 10. Dort hat sie Tage später Emil Bartoldy entdeckt – wahrscheinlich beim Spaziergang mit Mary – und sie in seine Sammlung integriert. Ich hatte sie heimlich aus seiner Sammlung mitgenommen und, als Frau Schellack nicht aufmachte, sie auf den Haufen in der Mitte meines Zimmers geworfen. Und die Handtasche vergessen.

Irgendwo dazwischen hatte Frau Schellack ihren Schlaganfall. Irgendwo dazwischen hatte sie vergeblich versucht zu telefonieren. Irgendwo dazwischen ist Frau Schellack gestorben. Verdurstet.

Wer hatte Schuld an ihrem Tod? Der Bäcker? Henning-Johann-und-so-weiter? Emil Bartoldy? Oder ich? Ich steckte die Überweisungsaufträge wieder zurück in die Handtasche. Ich klappte sie zu. Ich dachte nach.

Irgendwo dazwischen war Frau Schellack gestorben, weil ihr Telefon abgestellt war, weil sie die Rechnung nicht bezahlt hatte. Nicht bezahlen konnte. Und ich war jetzt im Besitz der Überweisung. Ein Richter würde mich verurteilen, keine Frage, und niemand anderen. Wer im Besitz von etwas ist, trägt auch die Verantwortung dafür.

»Bist du fertig?« Mutter brachte mich zurück in die Realität, in ihre Aufräum-Realität, denn das andere war ja nicht weniger real.

»Glei-eich«, rief ich und versteckte die Handtasche unterm Bett.

Freitag, 25. Oktober 1974

Liebe Frau Ludwig,

da liegt sie bis heute. Die Handtasche. Unter meinem Bett. Ich habe versucht, sie zu vergessen. Und wie am Anfang bereits geschrieben, ist mir das auch gelungen. Bis zu den Herbstferien. Bis zum Pfarrer.

Vorhin habe ich mir alles noch einmal durchgelesen. Ich habe ja Zeit genug, und es lenkt vom Durst ab. Wenn es Mord war, dann habe ich es nicht mit Absicht getan. Vielleicht ist die Strafe dafür nicht ganz so hoch. Die anderen, also den Bäcker, Henning-Johann-und-so-weiter und Emil Bartoldy, trifft keine Schuld. Natürlich hätte jeder von ihnen anders handeln können, als er es getan hat, und dann wäre vielleicht nichts passiert. Aber ich bin der Einzige, der alle Zusammenhänge gekannt hat. Einer muss die Verantwortung übernehmen. Und ich weiß, das bin ich.

Können Sie sich an die Außerirdischen erinnern? Wie sie in ihren Mikrokosmossen wie Seifenblasen herumfliegen und zusammenstoßen? Das ist ein schönes Bild, mit dem ich beschreiben kann, was ich fühle. Als Frau Schellack noch lebte, sind wir oft zusammengestoßen, und das war großartig. Seitdem sie tot ist, geht das nicht mehr. Wir stoßen einander ab, oder es blitzt und donnert.

Es tut weh, wenn ich an sie denke, denn in meinen Gedanken ist sie tot. Es gelingt mir nicht, sie mir so vorzustellen, wie sie war, als sie noch lebte. Das Bild von ihrem toten Körper und dieser schreckliche Geruch drängeln sich immer nach vorn.

Hört das irgendwann einmal auf? Oder kann ich etwas tun, damit sich alles beruhigt? Vielleicht gibt es deswegen Gefängnisse. Damit sich alles beruhigt.

Wenn ich hier rauskomme, gebe ich Ihnen das Heft. Bitte, Frau Ludwig, sprechen Sie mit meinen Eltern darüber. Ich glaube, ihre Sorgen sind zu groß, als dass sie mir vernünftig zuhören könnten. Aber ich werde Boris alles erzählen. Und wenn er danach immer noch mein Freund sein will, dann kann ich die Zeit im Gefängnis sicher gut überstehen. Vielleicht besucht er mich ja mal, zusammen mit Chiara.

»Schuld und Sühne« könnte ich diese Reizwortgeschichte nennen oder auch vielleicht »Das Lächeln der Schildkröte«. Dieses Lächeln ist es nämlich, an das ich mich erinnere, wenn ich versuche, mir Mut zu machen. Es ist schließlich das Einzige, was mir in diesem Sommer, meinem Sommer mit Arno Schmidt, geglückt ist: dass die Schildkröte jetzt lächelt.

Emil Bartoldy hat mich vor Henning-Johann-und-soweiter gerettet und ist dadurch zu einer Art Zorro geworden. Und somit durfte seine Schildkröte endlich raus aus dem Keller und hat mich zum Dank angelächelt. Und ich habe ihren Platz hier unten eingenommen. Als Schuldkröte. Ist das nicht zum Lachen?!

Mir ist nicht so gut. Ich habe Durst. Und Hunger. Und mir ist heiß. Mit Kaugummis kann ich mich ablenken. Aber die sind auch bald alle. Deswegen muss ich jetzt Schluss machen. Ich muss noch einen Weg finden, wie ich hier herauskomme.

Mit freundlichen Grüßen,

Paul

… es ist gerade alles so still, dass ich, wenn ich mein Ohr an die Eisentür halte, hören kann, wie draußen neben der Kellertreppe der Wasserhahn tropft. Eine Weile schien mir, als würde das Tropfen immer langsamer werden.

Ich habe zu zählen angefangen. Zwischen dem einen und dem nächsten Tropfen zählte ich bis sechs. Und wieder bis zum nächsten Tropfen waren es dann schon sieben. Dann war es klar: Als ich bis acht gezählt habe, tropfte der nächste Tropfen.

Ist das nicht toll? Ich habe ein Rätsel entdeckt. Ein Rätsel der Welt. Aber ich kann es nicht lösen. Denn was ist wichtiger: die Tropfen oder die Zeit, die zwischen ihnen liegt? Und was ist, wenn die Zeit zwischen den einzelnen Tropfen so lange wird, dass man sie nicht mehr zählen kann?

Liebe Frau Ludwig,

wie ist das, wenn man alt ist? Natürlich sind Sie nicht alt. Aber Sie sind … erwachsen. Wenn Sie an die Zeit zurückdenken, in der sie so jung waren wie ich, was denken Sie dann? Lachen Sie über sich? Oder werden Sie traurig, weil Sie ganz anders geworden sind? Nur für eine Sekunde würde ich gerne wissen, wie ich als Erwachsener wäre. Ob es sich lohnt.

Und dann, wenn ich für diese eine Sekunde erwachsen wäre, wüsste ich auch gerne, wie ich mich als Kind sehen würde. Ob ich das mit Frau Schellack vergessen hätte.

Bitte lachen Sie jetzt nicht, aber mir ist etwas eingefallen, was mich letztes Jahr so beeindruckt hat. Im Fernsehen wurde zu Weihnachten *Der Seewolf* wiederholt. Das ist so eine dieser Serien, die in vier Teilen ausgestrahlt werden, und am Ende von jedem Teil passiert etwas, das so aufregend ist, dass man den nächsten Teil kaum erwarten kann.

Wir alle in der Klasse haben gesehen, wie Raimund Harmstorf eine Kartoffel mit der bloßen Hand zerdrückt hat. Boris hat es als Einziger geschafft, das nachzuahmen. Aber dann hat er zugegeben, dass seine Kartoffel gekocht war.

Aber das war es gar nicht, was mich beeindruckt hat. Wolf Larsen, so hieß Raimund Harmstorf in dem Film, hat als Junge ein ganzes Lexikon durchgelesen – so wie Henning-Johann-und-so-weiter. Nicht, dass er dadurch ein besserer Mensch geworden wäre. Er war ein fieser

Mensch, der anderen schlimme Dinge angetan hat – so wie Henning-Johann-und-so-weiter. Aber beide hatten etwas, was andere nicht haben: Wissen. Ich glaube, deswegen bin ich so dahinter her gewesen, *Zettels Traum* zu lesen …

… ich rede jetzt übrigens mit mir selbst. Das habe ich mich lange nicht getraut. Aber nun finde ich es ganz schön. Dann ist man nicht so allein …

Chiara,

ich habe immer gedacht, Mädchen mögen entweder so welche wie David Cassidy oder diese lässigen Jungens, die glauben, sie wären etwas Besonderes.

Aber du anscheinend magst lieber mich. Ich hoffe, ich werde dir noch beweisen können, dass ich das verdient habe.

… dann packst du alles ein, was du brauchst, und dann fliegen wir ins Weltall raus …

Es tropft nicht mehr.

Freitag, 8. November 1974

Sehr geehrte Frau Ludwig,

ich bin es. Boris. Doktor Wolff hat mir das Heft gegeben. Er hat es gefunden. Er will nicht wissen, was drinsteht. Und den Eltern von Paul will er es auch nicht geben.

Doktor Wolff hat vor einer Woche einen Anruf bekommen. Anonym. Sofort ist er zu Pauls Haus gerannt. Die Kellertür stand offen. Und die Tür zum Heizungskeller war aufgeschlossen. Die Polizei hat alle befragt. Aber niemand hatte eine Antwort darauf, wer der Anrufer gewesen ist. Nur den Sohn von Herrn Bartoldy konnte man noch nicht fragen. Der ist seit ein paar Tagen in der Psychiatrie.

Natürlich habe ich das Heft gelesen. Das ist Ehrensache. Paul hätte das bei mir genauso gemacht. Durch die Geschichte wurde mir klar, warum er so seltsam war, bevor er abgehauen ist.

Wir haben ihn alle gesucht. Überall. Aber keiner von uns ist auf die Idee gekommen, im Keller nachzuschauen. Warum sollte Paul sich auch in seinem eigenen Haus verstecken? Ich bin jedenfalls froh, dass ich den Keller nicht sehen musste. Das wäre einfach zu viel.

Bevor ich Ihnen das Heft am Montag gebe, möchte ich noch zwei wichtige Dinge hier aufschreiben.

Zum einen: Ich bin echt beeindruckt, wie tapfer Paul gewesen sein muss. Keine Ahnung, was ich gemacht hätte, mit dem Tod vor Augen.

Zum anderen: Ich weiß jetzt, dass er keine Schuld an dem Tod von Frau Schellack hat. Seine Schuldgefühle waren total unnötig. Er hat das sogar selbst herausgefunden. Nur wusste er das nicht.

Ich meine damit die Geschichte mit der Mundharmonika. Die in den Keller gefallen ist. Wenn zu viele Dinge auf einmal passieren, gibt es keine Kontrolle mehr. Dabei muss nicht immer etwas Schlimmes passieren. Aber wenn doch, ist so eine Katastrophe wie bei Frau Schellack nicht aufzuhalten.

Ich wünschte, ich hätte ihm das sagen können. Wenn er mir doch nur vorher alles erzählt hätte! Es ist schon traurig genug, dass Frau Schellack gestorben ist.

Aber so war er eben. Paul hat sich das Leben so zurechtgelegt, wie es ihm am besten passte. Und wenn das mal nicht ging, hat er einen Spruch von seiner Oma zitiert. Aber es gibt keinen Spruch, der erklären könnte, was im Keller passiert ist.

Noch viel schlimmer ist, dass ich nicht weiß, wie ich das alles Chiara erklären soll. Boris, Paul & Chiara! Jeden Tag schaut sie mich fragend an. Und wir müssen den Platz von Paul verteidigen. Henning-Johann-Pröll-der-Zweite will sich unbedingt zwischen uns setzen. Aber das geht doch nicht.

Mit freundlichen Grüßen,

Boris

Samstag, 9. November 1974

Liebe Frau Ludwig,

Boris hat mich heute Mittag besucht, nachdem ein Krankenwagen mich endlich nach Hause gebracht hat. Er hat mir gebeichtet, dass er das Heft durchgelesen und auch etwas hineingeschrieben hat. Dann hat er es mir vorgelesen.

»Was für ein Blödsinn«, habe ich zu ihm gesagt, »so wie du das geschrieben hast, könnte man ja denken, ich wäre tot!«

Als ihm das auch klarwurde, wollte er die Seite herausreißen, aber das habe ich verhindert.

»Nein, der Text gehört jetzt dazu!«

»Aber dann denkt doch Frau Ludwig, dass ich nicht mehr alle Tassen …«

»Kannst ja weglaufen.«

»Haha.«

Ich habe das mit dem Blödsinn zurückgenommen und ihm gesagt, wie froh ich bin, dass es ihn gibt und dass ich ihm von nun an immer alles erzählen würde. Ich war ganz ehrlich, aber Boris hat natürlich geglaubt, ich wüsste mehr, als ich zugebe.

»Sag mal, Paul, wer hat dich denn nun eingesperrt, und wer hat dich überhaupt befreit?«

Und weil ich ihm ja nun wirklich immer alles erzählen will, habe ich mir echt Mühe gegeben, mich zu erinnern.

»Ich weiß es nicht, aber wenn ich daran denke, sehe ich immer die lächelnde Schildkröte vor mir. Mary.«

Dann hat er gesagt, das wäre Blödsinn. Aber ehrlich: Ich finde es wirklich nett, was er ins Heft geschrieben hat.

Vielleicht war ja wirklich etwas dran an meiner Theorie. Ich muss darüber nachdenken. Sollte es wirklich noch etwas neben Zufall und Schicksal geben, das einen von der Schuld befreit? Dann aber nicht von der Verantwortung. Nicht wie bei dem Pfarrer: »Er macht uns die Welt, wie sie Ihm gefällt!«

Ich musste mich auch noch von etwas befreien. Obwohl ich wusste, dass es Ärger geben würde, schlich ich mich am Nachmittag aus dem Haus und ging zur Bank. Ich war es Frau Schellack schuldig, ihre Überweisungsaufträge abzugeben. Aber woher hätte ich wissen sollen, dass Banken am Samstag geschlossen sind? Ich rüttelte verärgert an der Tür. Die Geschichte sollte doch ein Ende bekommen, mit dem auch Frau Schellack zufrieden wäre.

Eine Hand legte sich auf meine Schulter. Sie war von meinem Retter, Doktor Wolff. Ohne seinen Einsatz, so hat Mutter mir erzählt, hätten sie mich nicht wiederbeleben können.

»Was machst du denn hier? Du gehörst ins Bett«, hat Doktor Wolff zu mir gesagt. Und dann habe ich ihm alles, wirklich alles erzählt, auch vom Scrupulus und Vipassanã.

»Das mit dem Perspektivwechsel ist interessant«, meinte er, »ist ja so ähnlich wie Selbstreflexion.«

Auch ein schönes Wort. Selbstreflexion. Vielleicht sollte ich schöne und interessante Worte sammeln, so wie Emil Bartoldy es mit den Frauennamen und meinen Eisstielen gemacht hat.

»Hast du Lust auf einen kleinen Ausflug?«

Wir fuhren zum Hauptfriedhof und standen vor einem runden Gebäude aus Ziegelsteinen, in dem ein Soldat aus Stein lag und dessen Dach ein rundes Loch hatte. Das

Mahnmal für die toten Soldaten der Weltkriege. Doktor Wolff strich sich durch das dichte Haar. Dann zeigte er auf das Gebäude.

»Da ist es. Wenn deine Freundin Rotraud behauptet, du brauchst einen Perspektivwechsel, dann sind wir hier richtig.«

»Hier? Bei den gefallenen Soldaten?«

Eigentlich war mir eine Tote schon genug. Damit ließe es sich vielleicht leben. Ein ganzes Heer von Toten aber überstieg meine Kräfte. Ich wäre gerne nach Hause gegangen. Doch Doktor Wolff nahm mich resolut bei der Hand.

»Vergiss die Toten. Es geht um das Gebäude.«

Wir betraten den Innenraum, und unsere Schritte hallten ein wenig. Dann spürte ich Doktor Wolffs Atem am Ohr.

»Stell dich ganz leise in die Mitte des Raums«, flüsterte er kaum hörbar, »und nach ein paar Sekunden Stille sagst du laut deinen Namen.«

Ich pirschte mich alleine heran, um kein Geräusch zu machen. Dann, in der Mitte, drehte ich mich um und sah den Doktor an. Ich hoffte, er würde nicht weggehen. Er nickte. Und dann sagte ich meinen Namen, ganz normal.

»Paul.«

Paul Paul Paul Paul paul

Paul Paul Paul paulpaul paulpaul paulpaulpaul

Paul Paul Paul Paul paul

»Das ist ja unglaublich«, wollte ich sagen, doch die Stimmen überschlugen sich, so dass beim Doktor nur ein einziges Gewirr ankam. Er lachte, und auch dieses Lachen verhundertfachte sich. Ein Gebäude mit einem Echo, nein, mit Tausenden Echos!

»Wer bin ich?«

Bin ich binnich binnich ich bin ich ichichichich
Bin ich Bin ich bin ich ichichich ichichichichich
Bin ich Binnich Ichbinich ich binich binich

Plötzlich kam mir Frau Schellack in den Sinn. Sie hatte doch auch immer das letzte Wort wiederholt. Wie das Echo. Als wäre diese Halle extra für sie gebaut. Für Frau Schellack!

Doktor Wolff stand jetzt neben mir und klatschte in die Hände und rief: »Bravo!« Ich klatschte auch. Donnernder Applaus, gemischt mit Bravo-Rufen. Dann beugte er sich zu mir herunter.

»Und jetzt der Perspektivwechsel«, raunte er, »ich flüstere dir eine Frage zu, und du stellst sie dann laut. Einverstanden?«

Ich nickte, und er hauchte mir etwas ins Ohr. Ich schaute ihn verdutzt an. Aber warum nicht? Lieber direkt als hintenrum, das sagte auch Bruder Kolja immer.

»Wer ist für Frau Schellacks Tod verantwortlich?«

antwortlich ortlich ich lich ich nich ich nich
rantwortlich nwlich nlich ichnich ichnich nich ich nich
antwortlich antwortlich ich lich ichnich ich nich

»Ich nich!« Hörte ich das tatsächlich? »Ich nicht!«

»Ja, hast du es gehört? Du bist nicht verantwortlich.«

Wir standen wieder draußen.

»Im Übrigen wäre das auch wirklich Blödsinn. Sie hatte einen Schlaganfall, zerebrovaskuläre Insuffizienz nennt man das. Das war bei Frau Schellack so heftig, dass sie zwar noch nach dem Hörer greifen konnte, aber wählen und sprechen?«

Doktor Wolff holte Luft.

»So spielt das Leben, wir können nicht wissen, was passiert. Und so können wir es auch nicht verhindern.«

Ich war perplex. Frau Schellack ist nicht meinetwegen gestorben. Sie starb an einem langen Wort.

»Sie meinen, ich habe keine Schuld?«

Doktor Wolff nickte.

Dafür hätten Sie mich doch nicht hierher schleppen müssen. Der Vorwurf lag mir auf der Zunge, aber ich sprach ihn nicht aus. Was für eine unglaubliche Erfahrung, ich würde mit Boris und Chiara wiederkommen, keine Frage.

»Weißt du, Paul, es ist gut, dass du nicht tot bist«, sagte Doktor Wolff nach einer Weile. »Deine Mutter und dein Vater hätten dich vermisst und sich für den Rest des Lebens Vorwürfe gemacht.«

»Ich hätte sie auch vermisst, aber warum sollten sie sich Vorwürfe machen? Wär doch nicht ihre Schuld gewesen.«

»Man macht sich immer Vorwürfe. Schließlich ist man dafür verantwortlich, dass seine Kinder auf der Welt sind. Sie haben es sich ja nicht selbst ausgesucht. Deswegen würden deine Eltern sich schuldig fühlen, selbst jetzt, wo sie nicht mehr zusammen sind – oder vielleicht gerade deswegen.«

Ich wollte widersprechen, aber ich ließ es bleiben. Hört das denn nie auf? Das mit der Schuld?

»Woher kennen Sie eigentlich diese Halle?«

Doktor Wolff schaute in die Ferne. Sein langes, wuscheliges Haar bewegte sich im Wind, passend zu seinem Namen. Mein Retter. In der HKT-Theorie steht er nun ganz oben. Neben Rotraud. Und Chiara. Das nächste Mal, wenn ich Vater sehe, werde ich ihn bitten, Doktor Wolff lebenslang die Haare zu schneiden. Kostenlos natürlich.

Der Doktor räusperte sich.

»Ich komme manchmal hierher und spreche mit meiner Tochter. Sie liegt hier begraben. Gleich da drüben.«

Wir schauten zu einem Baum. Wie hatte ich das vergessen können?

»So oft habe ich darüber nachgedacht ...«

Eine Linde, noch jung und mit einer schönen Krone, so schön wie seine Tochter. Ich durfte damals nicht mit zur Beerdigung.

»... aber ich weiß nicht, warum sie gestorben ist ...«

Die junge Linde erinnerte mich an die Linde vor dem Bauernhof im Bayerischen Wald.

»... aber wenn ich dafür verantwortlich bin, dass sie auf die Welt gekommen ist, bin ich es dann nicht auch für ihren Tod ...?«

Paul Neumann, sagte ich zu mir, fang endlich an, dich nicht nur für dich selbst zu interessieren. Pass auf deine Äste auf. Du musst wachsen und nicht verkümmern. Nimm Doktor Wolff endlich in die Arme und warte nicht darauf, dass er es tut. Er hat deinem Vater und dir das Leben gerettet und seine Tochter verloren.

»Und ... was sagen Sie zu ihr, wenn Sie sie besuchen?«

»Ich hab dich lieb.«

»Hm. Antwortet sie?«

Doktor Wolff nickte.

»Ichdichauch ichdichauch ichdichauch ...«

Die Spiele der deutschen Mannschaften bei der Fussballweltmeisterschaft 1974

Erste Gruppenphase – Gruppe 1

BR Deutschland – Chile 1:0 (1:0)
am 14. Juni 1974 in Berlin
BRD: Maier, Vogts, Schwarzenbeck, Beckenbauer, Breitner, Hoeneß, Cullmann, Overath (Hölzenbein 76.), Grabowski, Müller, Heynckes
Chile: Vallejos, Garcia, Figueroa, Quintano, Arias, Valdez (Veliz 79.), Rodrigues (Lara 84.), Reinoso, Caszely, Ahumada, Paez
Tor: 1:0 Breitner (16.)
Schiedsrichter: Babacan (Türkei), *Zuschauer:* 83 170

DDR – Australien 2:0 (0:0)
am 14. Juni 1974 in Hamburg
DDR: Croy, Kische, Bransch, Weise, Wätzlich, Sparwasser, Irmscher, Pommerenke, Löwe (Hoffmann 55.), Streich, Vogel
Australien: Reilly, Utjesenovic, Schäfer, Wilson, Curran, Richards, Mackay, Rooney, Warren, Alston, Buljevic
Tore: 1:0 Curran (Eigentor 56.), 2:0 Streich (69.)
Schiedsrichter: N'Diaye (Senegal), *Zuschauer:* 15 000

BR Deutschland – Australien 3:0 (2:0)
am 17. Juni 1974 in Hamburg
BRD: Maier, Vogts, Schwarzenbeck, Beckenbauer, Breitner, Hoeneß, Cullmann (Wimmer 67.), Overath, Grabowski, Müller, Heynckes (Hölzenbein 46.)
Australien: Reilly, Utjesenovice, Schäfer, Wilson, Rooney, Richards, Curran, Mackay, Campbell (Abonyi 46.), Alston, Buljevic (Ollerton 60.)
Tore: 1:0 Overath (13.), 2:0 Cullmann (35.), 3:0 Müller (53.)
Schiedsrichter: Kamel (Ägypten), *Zuschauer:* 55 000

Chile – DDR 1:1 (0:0)
am 18. Juni 1974 in Berlin
Chile: Vallejos, Garcia, Figueroa, Quintano, Arias, Valdez (Yavar 46.), Reinoso, Paez, Socias (Farias 65.), Ahumada, Veliz
DDR: Croy, Kische, Bransch, Weise, Wätzlich, Seguin (Kreische 73.), Irmscher, Sparwasser, Hoffmann, Streich, Vogel (Ducke 29.)
Tore: 0:1 Hoffmann (56.), 1:1 Ahumada (68.)
Schiedsrichter: Angonese (Italien), *Zuschauer:* 29 696

Australien – Chile 0:0 (0:0)
Am 22. Juni 1974 in Berlin
Australien: Reilly, Wilson, Utjesenovic, Schäfer, Curran (Williams 83.), Richards, Rooney, Mackay, Abonyi, Alston (Ollerton 65.), Buljević
Chile: Vallejos, Quintano, García, Figueroa, Arias, Valdés (Farías 55.), Páez, Reinoso, Caszely, Ahumada, Véliz (Yávar 72.)
Schiedsrichter: Namdar (Iran), Zuschauer: 17 400

DDR – BR Deutschland 1:0 (0:0)
am 22. Juni 1974 in Hamburg
DDR: Croy, Kische, Weise, Bransch, Wätzlich, Lauck, Irmscher (Hamann 65.), Kreische, Kurbjuweit, Sparwasser, Hoffmann
BRD: Maier, Vogts, Schwarzenbeck (Höttges 68.), Beckenbauer, Breitner, Hoeneß, Cullmann, Overath (Netzer 69.), Grabowski, Müller, Flohe
Tor: 1:0 Sparwasser (78.)
Schiedsrichter: Barreto (Uruguay), *Zuschauer:* 60 341

Tabelle

1. DDR	3 2 1 0	4:1	5:1
2. BR Deutschland	3 2 0 1	4:1	4:2
3. Chile	3 0 2 1	1:1	2:4
4. Australien	3 0 1 2	0:5	1:5

Brasilien – DDR 1:0 (0:0)
am 26. Juni 1974 in Hannover
Brasilien: Leão, Zé Maria, Luis Pereira, M. Marinho, F. Marinho, César Carpegiani, Rivelino, Dirceu, Valdomiro, Jairzinho, Paulo Cesar Lima
DDR: Croy, Kurbjuweit, Bransch, Weise, Streich, Wätzlich, Lauck (Löwe 55.), Sparwasser, Hamann (Irmscher 46.), Kische, Hoffmann
Tor: 1:0 Rivelino (61.)
Schiedsrichter: Thomas (Wales), *Zuschauer:* 60 000

Niederlande – Argentinien 4:0 (2:0)
am 26. Juni 1974 in Gelsenkirchen
Niederlande: Jongbloed, Suurbier (Israël 84.), Haan, Rijsbergen, Krol, Jansen, Neeskens, Van Hanegem, Rep, Cruijff, Rensenbrink
Argentinien: Carnevali, Perfumo, Wolff (Glaria 46.), Heredia, Sa, Telch, Squeo, Houseman (Kempes 65.), Yazalde, Ayala, Balbuena
Tore: 1:0 Cruijff (11.), 2:0 Krol (25.), 3:0 Rep (73.), 4:0 Cruijff (90.)
Schiedsrichter: Davidson (Schottland), *Zuschauer:* 55 000

Niederlande – DDR 2:0 (1:0)
am 30. Juni 1974 in Gelsenkirchen
Niederlande: Jongbloed, Suurbier, Haan, Rijsbergen, Krol, Jansen, Neeskens, van Hanegem, Rep, Cruijff, Rensenbrink
DDR: Croy, Kurbjuweit, Bransch, Weise, Schnuphase, Pommerenke, Lauck (Kreische 81.), Sparwasser, Löwe (Ducke 66.), Kische, Hoffmann
Tore: 1:0 Neeskens (8.), 2:0 Rensenbrink (59.)
Schiedsrichter: Scheurer (Schweiz), *Zuschauer:* 70 000

Brasilien – Argentinien 2:1 (1:1)
am 30. Juni 1974 in Hannover
Brasilien: Leão, Zé Maria, Luis Pereira, M. Marinho, F. Marinho, Cesar Carpegiani, Rivelino, Dirceu, Valdomiro, Jairzinho, Paulo Cesar Lima
Argentinien: Carnevali, Glaria, Heredia, Sa (Carrascosa 46.), Bargas, Squeo, Babington, Brindisi, Ayala, Balbuena, Kempes (Houseman 46.)

Tore: 1:0 Rivelino (32.), 1:1 Brindisi (35.), 2:1 Jairzinho (48.)
Schiedsrichter: Loraux (Belgien), *Zuschauer:* 39 000

Niederlande – Brasilien 2:0 (0:0)
am 3. Juli 1974 in Dortmund
Niederlande: Jongbloed, Suurbier, Haan, Rijsbergen, Jansen, Neeskens (Israël 84.), Krol,Van Hanegem, Rep, Cruijff, Rensenbrink (Jong 67.)
Brasilien: Leão, Zé Maria, Luis Pereira, M. Marinho, F. Marinho, Cesar Carpegiani, Rivelino, Dirceu, Valdomiro, Jairzinho, Paulo Cesar Lima
Tore: 1:0 Neeskens (50.), 2:0 Cruijff (65.)
Schiedsrichter: Tschenscher (Deutschland), *Zuschauer:* 53 000

Argentinien – DDR 1:1 (1:1)
am 3. Juli 1974 in Gelsenkirchen
Argentinien: Fillol, Wolff, Heredia, Carrascosa, Bargas, Telch, Kempes, Houseman, Babington, Brindisi, Ayala
DDR: Croy, Kurbjuweit, Bransch, Weise, Schnuphase, Pommerenke, Streich (Ducke 81.), Sparwasser, Löwe (Vogel 68.), Kische, Hoffmann
Tore: 0:1 Streich (14.), 1:1 Houseman (21.)
Schiedsrichter: Taylor (England), *Zuschauer:* 54 000

Tabelle

1. Niederlande	3 3 0 0	8:0	6:0
2. Brasilien	3 2 0 1	3:3	4:2
3. DDR	3 0 1 2	1:4	1:5
4. Argentinien	3 0 1 2	2:7	1:5

Zweite Gruppenphase – Gruppe 2

Polen – Schweden 1:0 (1:0)
am 26. Juni 1974 in Stuttgart
Polen: Tomaszewski, Szymanowski, Gorgoń, Żmuda, Gut, Deyna, Kasperczak, Maszczyk, Lato, Szarmach (Kmiecik 62.), Gadocha
Schweden: Hellström, Karlsson, Grip, Nordqvist, Andersson (Augusts-

son 62.), Grahn, Tapper (Ahlström 82.), Larsson, Torstensson, Sandberg, Edström
Tor: 1:0 Lato (44.)
Schiedsrichter: Barretto (Uruguay), *Zuschauer:* 45 000

BR Deutschland – Jugoslawien 2:0 (1:0)
am 26. Juni 1974 in Düsseldorf
BRD: Maier, Vogts, Schwarzenbeck, Beckenbauer, Breitner, Bonhof, Wimmer (Hoeneß 74.), Hölzenbein (Flohe 79.), Overath, Müller, Herzog
Jugoslawien: Marić, Buljan, Hadžiabdić, Mužinić, Katalinski, Popivoda, Oblak (Jerkovic 84.), Aćimović, Šurjak, Karasi, Džajić (Petković 84.)
Tore: 1:0 Breitner (39.), 2:0 Müller (80.)
Schiedsrichter: Marques (Brasilien), *Zuschauer:* 67 000

Polen – Jugoslawien 2:1 (1:1)
am 30. Juni 1974 in Frankfurt
Polen: Tomaszewski, Szymanowski, Gorgoń, Żmuda, Musiał, Deyna (Domarski 81.), Kasperczak, Maszczyk, Szarmach (Ćmikiewicz 58.), Lato, Gadocha
Jugoslawien: Marić, Buljan, E. Hadžiabdić, Bogićević, Katalinski, Bajević, Oblak (Jerković 17.), Aćimović, Šurjak, Karasi, Petković, (Petrović 81.)
Tore: 1:0 Deyna (27.), 1:1 Karasi (43.), 2:1 Lato (63.)
Schiedsrichter: Glöckner (DDR), *Zuschauer:* 53 000

BR Deutschland – Schweden 4:2 (0:1)
am 30. Juni 1974 in Düsseldorf
BRD: Maier, Vogts, Schwarzenbeck, Beckenbauer, Breitner, Bonhof, Hoeneß, Hölzenbein (Flohe 83.), Overath, Müller, Herzog (Grabowski 66.)
Schweden: Hellström, Karlsson, Olsson, Nordqvist, Augustsson, Grahn, Tapper, Larsson (Ejderstedt 31.), Torstensson, Sandberg, Edström
Tore: 0:1 Edström (25.), 1:1 Overath (51.), 2:1 Bonhof (52.), 2:2 Sandberg (53.), 3:2 Grabowski (77.), 4:2 Hoeneß (89.)
Schiedsrichter: Kazakow (URS), *Zuschauer:* 68 000

Schweden – Jugoslawien 2:1 (1:1)
am 3. Juli 1974 in Düsseldorf
Schweden: Hellström, Karlsson, Olsson, Nordqvist, Augustsson, Grahn, Tapper, Persson, Torstensson, Sandberg, Edström
Jugoslawien: Marić, Buljan, E. Hadžiabdić, Bogićević, Katalinski, Pavlović, (Peruzović 78.), Džajić, Aćimović, Šurjak, V. Petrović, (Karasi 68.), Jerković
Tore: 0:1 Šurjak (27.), 1:1 Edström (30.), 2:1 Torstensson (85.)
Schiedsrichter: Pestarino (Argentinien), *Zuschauer:* 38 000

BR Deutschland – Polen 1:0 (0:0)
am 3. Juli 1974 in Frankfurt
BRD: Maier, Vogts, Schwarzenbeck, Beckenbauer, Breitner, Bonhof, Hoeneß, Hölzenbein, Overath, Müller, Grabowski
Polen: Tomaszewski, Szymanowski, Gorgoń, Żmuda, Musiał, Deyna, Kasperczak (Ćmikiewicz 80.), Maszczyk (Kmiecik 80.), Lato, Domarski, Gadocha
Tor: 1:0 Müller (76.)
Schiedsrichter: Linemayr (Österreich), *Zuschauer:* 62 000

Tabelle

1. BR Deutschland	3 3 0 0	7:2	6:0
2. Polen	3 2 0 1	3:2	4:2
3. Schweden	3 1 1 2	4:6	2:4
4. Jugoslawien	3 0 0 3	2:6	0:6

Spiel um Platz drei

Brasilien – Polen 0:1 (0:0)
am 6. Juli 1974 in München
Brasilien: Leão, Alfredo, Zé Maria, Peres, Marinho, César Carpegiani, Rivelino, Ademir (Mirandinha 66.), Valdomiro, Jairzinho, Dirceu
Polen: Tomaszewski, Gorgoń, Szymanowski, Żmuda, Musiał, Kasperczak (Ćmikiewicz 73.), Deyna, Maszczyk, Lato, Szarmach (Kapka 76.), Gadocha

Tore: 0:1 Lato (76.)
Schiedsrichter: Angonese (Italien), *Zuschauer:* 77 100

Finale

BR Deutschland – Niederlande 2:1 (2:1)
am 7. Juli 1974 in München
BRD: Maier, Vogts, Beckenbauer, Schwarzenbeck, Breitner, Hoeneß, Bonhof, Overath, Grabowski, Müller, Hölzenbein
Niederlande: Jongbloed, Suurbier, Rijsbergen (Jong 69.), Cruijff, Jansen, Haan, Krol, Neeskens, van Hanegem, Rep, Rensenbrink (van der Kerkhof 46.)
Tore: 0:1 Neeskens (2.), 1:1 Breitner (25.), 2:1 Müller (43.)
Schiedsrichter: Taylor (England), *Zuschauer:* 78 200

Verlängerung

Danke an ARNO SCHMIDT, UDO LINDENBERG, DAVID BOWIE, DRAGOSLAV STEPANOVIĆ und all die anderen, deren Zitate, Geschichten und Liedtexte Paul verwenden durfte:

CHRISTIAN B., Sammler von Schneekugeln und Fahrradvorderschildern, ist der Erfinder von »Zick-zick-zick« und »Ho-Ho-Ho-Chi-Minh – Hi-Hi-Hitzefrei«. Er hat in der Pubertät viel mit Christine J. getanzt, die sich aber nicht in ihn verliebte, vielleicht weil er sich weigerte, den Flaum über der Oberlippe abzurasieren.

Paul war nie in eine Eidechse verliebt, aber DIRK S. Ihn verband mit seiner Mutter eine tiefe Bindung: In jeder Pause kam sie zum Schulhof und brachte ihm ein Brötchen, das sie auf einen bestimmten Platz in die Hecke legte. Ritual. Für die anderen hatte sie Süßigkeiten dabei, im Gegensatz zur Mutter von DRAGAN S., die auch in jeder Pause da war. Von ihr stammt die Idee des Plastiktütenfaltens und von ihrem Sohn die Geschichte mit der Nummer 12. *Er* wollte immer nur Auswechselspieler sein.

Boris ist die Verschmelzung von zwei Menschen, nämlich von BORIS M. (Fanta) und KALLI K. (Contergan). So eine Synthese ist in der Literatur durchaus üblich, und wenn dies auch in der Wirklichkeit möglich wäre, hätte man den perfekten Freund, der Idol und Bewunderer zugleich wäre.

CARSTEN B., Songwriter der Musikgruppe *The Magic Kinderbratkartoffel*, ist so ein perfekter Freund. Er feierte mit seiner Backgroundsängerin BIRGIT »BEE« E. mit dem

Lied *Für Liebe immer zwei* einen großen Erfolg. In dieser Zeile steckt eine Weisheit, die jeder berücksichtigen sollte.

»Ewig und drei Tage!« – »Who's the problem?« – »Das hab ich mein Lebtag noch nicht gehört!« Wer so etwas sagt, ist in Frankfurt daheim, und das ist LOTHAR E., selbst wenn er heute woanders wohnt.

Noch eine weitere Geschichte ist geklaut. Nicht Paul, sondern SIV B. hat während des Finales *Wer die Nachtigall stört* gelesen, und sie kann sich bis heute daran erinnern, alle drei Tore verpasst zu haben.

Pauls Vater ist Friseur gewesen, der VATER des Autors nicht, aber er hat *Zettels Traum* gelesen. Die SCHWESTER war gar nicht in David Cassidy verliebt. Er aber in sie, nur hat er ihr das nie erzählen können. Und die MUTTER war auch keine Lehrerin, aber sie hatte eine Freundin, die ROTRAUD hieß. Die Rotraud im Buch hat aber mehr Ähnlichkeiten mit einer TANTE HELGA, die wiederum keine Ähnlichkeiten mit der Tante Helga im Buch hat.

Aber dass Onkel Rolf wirklich ONKEL ROLF heißt, das stimmt. So einen Menschen kann man nicht erfinden, er ist durch und durch wahr, anders als der Rest der Geschichte. Der ist erstunken und erlogen.

Als die Geschichte geschrieben, aber noch nicht buchfertig war, sind weitere Menschen hinzugekommen – zufällig, durch schicksalhafte Begegnungen und wegen dieser seltsamen Gegebenheit, die passiert, wenn mehrere Dinge gleichzeitig geschehen. Sie alle haben dabei geholfen, dass es zu keiner Katastrophe gekommen ist. Und so gilt der letzte Dank des Buches CHRIS N., ANDREA K., MATHIAS H., KRISTIE K., BIRGIT R. sowie ganz besonders ULRIKE VON S. und allen Mitarbeiter*innen des Ullstein Verlags.